예민한
주리가 사는 법

윤 정 단편소설

새미

작가의 말

친구야, 어제 전화하면서 왜 그렇게 웃음이 나는지, 네가 잠시 기분이 나빴는지도 몰라.

비웃은 건 아니야. 일종의 초월한 웃음이랄까, 어떤 경지에 오른 웃음이랄까?

너의 충격과 고통을, 직접 목격한 그 심정을 모르는 바는 아니야.

나도 비슷한 일을 겪지 않았다면 너만큼 충격받고 가슴 아팠을 거야.

그런데 이젠 아니야. 어차피 인간이-남자뿐이 아니야-부부가 희로애락을 같이 하며 살다가 마침내 상대에게 기대할 것도, 표현할 마음도 없을 때 그렇게 할 수밖에 없다면 받아들여야 하지 않을까.

물론 어떤 경우라도 참고 이겨내는 군자, 현모양처도 있겠지. 현모양처라는 말이 이끼가 낀 굴레처럼 느껴진다. 그건 특별한 사람들이고 나는 보통 사람을 말하는 거야.

남자들은 집에서 호강에 겨워도 스트레스를 받아도 늘 눈과 마음은 더 밖으로 향한다고 하더군. 그래놓고 여자 탓이니 아내 탓이니 하면서 합리화시켜 마음 편히 갈 길을 가려고 하겠지.

이제 너도 마음 편히 가지고 그 남자도 그냥 내버려 둬. 너도 그 사람에게 상처를 줬다면 줬으니까 그 남자도 네게 아무런 미안함도 죄책 감도 없을 거야.

어찌 되었든 재주도 좋아. 그 사람됨으로 유부녀를 낚았다는 것에 경의를 표하는 바이야.

그 여자에게 화풀이라도 해서 마음이 좀 편해진다면 그렇게 하든지. 단 무식하게 그 여자 머리채 잡지 말고, 사는 집도 안다니까 교양있게 그 남편을 만나면 효과가 더 확실할 거야. 그렇다고 크게 달라지진 않 겠지만 그 여자도 쾌락에 수반하는 또 다른 고통도 맛봐야지.

난 남편이 만나던 여자의 집 전화번호를 알고 있으면서도 그 남편에 게 말하지 못한 게 잠시 후회스러웠지. 전화기를 잡는 대신 남편의 허 리춤을 붙잡고 매달렸고 그 이후로 더 참담해진 감정 때문에 마음을 잡기 힘들었으니까.

너나 나나 천성이 악랄한 여자는 못되나 봐. 내가 너보다는 좀 못되 긴 할 거야. 그 여자에게 메일을 보내서, 너뿐 아니라 서너 명 더 있는 데 그중의 한 명이라도 만족한다면 잘해보라고 했어. 전화도 해봤지. 모욕을 준 건 내가 아니었어. 그 여자가 그 밥에 그 나물이라는 유식한 말로 비유하는 바람에 굴욕감을 느꼈지. 남편 덕에 별말을 다 들었다니까. 맞는 말이기도 해. 착각이든 판단 착오든 좋다고 선택한 사람이니까. 화풀이하려다 한 방 맞았지 뭐야.

한 사이트에 남편과 여자에 대한 이야기를 올리기도 하고 남편이 여러 여자를 만났다던 채팅도 해봤어. 세상에! 마음만 먹으면, 손만 뻗으면 다 남자더라. 몇 마디 해보면 알잖아. 이놈이 무식한 놈인지 교양있는 놈인지. 물론 교양과 감정은 별개의 것이지만 대화를 하고 몇 번 메일을 주고받다 보면 나를 대하는 마음도 알겠더라. 게다가 남들에게는 다 불륜으로 보여도 나는 정당한 연애가 되고 새삼스러운 감정도 느껴지니 그제야 남편이 이해되기 시작하더라니까. 분풀이도 되고 불안했던 감정이 차차 가라앉는 기분이었어. 결국 남편을 이해하고 사랑이 샘솟는다면서 호들갑을 떨었는데 판단 착오이며 착각이었지. 사랑도 변하고 감정도 흔들리는데 사람은 안 변하더라.

나는 결국 헤어졌지만 너는 아직 그 사람을 놓기 싫어하는 것 같으니 다른 마음가짐이 필요한 것 같다. 몸에 상처는 저절로 낫는 경우가 있지만 마음에 상처는 점점 더 깊어지고 몸도 해치는 수가 있어. 그냥 액세서리로 보면 어떨까. 남이 보면 그럴듯하고 없으면 초라해서 가져 보는 액세서리.

미안하다. 그 정도로밖에 위로해주지 못해서.

사실 친구들에게 하소연하는 것도 위로가 되진 않았어. 위로의 말을 건네기는 하지만 헤어지고 나면 그들의 무덤덤한 표정이 내내 마음에 걸리고 상대적으로 더 초라해지기 시작했지.

그래서 나는 글을 쓰기 시작했어. 지금은 없어졌지만 칼럼이라고 이름 붙인 곳에 2~3일에 한 번씩 글을 올렸지. 3년 남짓 쓴 글이 300편 조금 안 될 거야. 그런데 그 사이트가 폐쇄되면서 잘못 저장해 거의 날아가버렸어. 하지만 그 효과는 대단했어. 누구 때문에 잠 못 이루지도 않고 누구를 만나는 것보다, 맛있는 음식을 먹는 것보다, 잠자는 것보다 더 좋았으니까.

몸이 아프면 쉬거나 병원에 가지만 마음이 아플 때 글을 쓰면 점점 나아지는 것 같더라.

그렇다고 너에게 글을 쓰라고 하지는 않겠어. 다른 상처를 남길지도 모르니까. 다시 악몽 같은 기억이 더 분명해질 테니까.

그냥 마음이 가는 대로 해. 상처를 받아도 하고 싶으면 하고, 잠시라도 마음이 편할 수 있겠다 생각하면 그대로 해.

괴테가 한 말이 생각난다.

'보다 관대하기 위해서는 나이를 먹으면 된다. 남이 잘못을 저지르는 것을 보면 전에 내가 저질렀던 잘못과 똑같을 뿐이다.'

2007년에 수필로 등단하고, 소설로 등단한 지 5년을 바라보며 소설집을 내게 되었습니다. 저를 작가의 길로 이끌어 주신 이은집 한국문인협회 소설분과회장님께 감사드립니다.

멋있게 자란 세 아이, 첫 번째 독자로서 엄마의 소설집을 기다리던 친구 같은 태니, 무덤덤하지만 든든한 슝이, 자기 이야기는 쓰지 말라는 막내 채니에게 사랑하고 고맙다는 말을 전하고 싶습니다.

2020년 봄을 기다리는 윤정

차례

예민한 주리가 사는 법

수잔 잭슨의 'Evergreen'은 언제 들어도 좋다.

Sometimes love will bloom in the spring time
Then my flowers in summer it will grow
Then fade away in the winter
When the cold wind begins to blow~

주리는 거리가 짧아 1절도 다 듣지 못해 아쉬워하며 학교에 도착했다. 집에서 가까워 좋지만 좋은 음악을 들을 때면 아쉬운 거리다.

메신저를 켜니 행정실로부터 쪽지가 와 있다.

"선생님, 출장 기안은 올리고 가지 않으셨다고 들었어요. 결재
취소를 해주세요."

금요일에 출장 간다고 결재까지 끝낸 임원수련회에 불참한 것은 불

찰이라면 불찰이다. 사람들에게는 충동적인 결정이라고 오해를 살 만한 일이다.

목요일 이후로 주리는 잠자리에 들어도 도무지 잠이 오지 않았다.

아무리 정당한 일이라 해도 큰 소리로 항의하는 일이 다른 사람들 보기에 트러블메이커요, 쌈꾼으로 보인다는 것을 잘 아는 주리지만 이번 일은 그냥 넘어갈 수가 없는 일이라 생각한다.

전출을 1년 남기고 이 학교에서 또 망신살이 뻗쳤다고 생각하니 쓴웃음이 난다. 돌아가신 아버지가 취미로 보시던 사주팔자를 주리에게 건네며 한 말이 있다.

"주리야, 너는 많이 배워야 한다. 배우지 못하면 인생이 골치 아프게 될 수도 있어. 그리고 망신살이 있으니 조심해야 한다."

목요일은 임원수련회 사전교육이 있는 날이었다.

시청각실은 백 명이 넘는 남녀학생들로 소란했다. 점심을 먹은 후라 음식 냄새와 사람 냄새가 어우러져 퀴퀴하기까지 했다.

주리는 학생회 임원들이 참가하는 행사라 사전교육에도 모든 부원이 참석하리라 생각했다. 수련회 실무 담당인 작은 체구의 양 선생이 마이크도 없이 소리를 질러 댔으나 뒤에까지 목소리가 닿지 않았다. 목소리가 비교적 크고 체격이 당당한 주리가 나서서 장내를 진정시키고 양 선생이 다시 진행을 하게 했다. 방송반 학생이 마이크를 이리저리 살피는 듯하다가 여의치 않은지 어디론가 뛰어가서 다른 마이크를 가져온 것은 거의 끝날 무렵이었다. 그나마 생목으로 출석을 부르지 않게 된 것이 다행이라고 하겠다.

학생들을 교실로 들여보내고 나니 수업 종이 울리기 시작했다.

주리는 양선생의 얼굴이 편치 않아 보여 덩달아 기분이 나빴다. 아무리 학생회 담당이 전적으로 해야 할 일이지만 부장조차 나타나지 않은 것은 이해할 수가 없었다.

"양 선생님, 혼자 정말 수고 많았어요."

"아니에요. 선생님이 도와주셔서 괜찮았어요."

"정말 너무들 하네요. 어떻게 아무도 안 나타날 수 있는지……."

"제가 할 일인데요, 뭐. 괜찮아요."

"주무는 선생님이지만 일은 같이해야 하잖아요. 한 명도 나타나지 않고 뭣들 하는 거야? 더군다나 부장, 기획이 쌍으로 나타나지도 않고……."

"…… 선생님, 저 정말 힘들어요."

주리의 말이 끝나자 양 선생은 그제야 울먹였다. 부장은커녕 동료 교사, 개미 한 마리 얼씬하지 않은 시청각실에서 고군분투하던 양 선생은 이런저런 어려움과 서러움이 겹쳐 감정을 주체할 수가 없었던 것이다. 부장이라도 참석했으면 설움이 덜 했을지도 모른다.

"선생님 심정을 내가 잘 알아요."

"업무로 어려운 것은 얼마든지 견딜 수 있어요. 그런데……"

양 선생은 눈물을 흘리며 하소연을 했다.

"두 사람 때문에 더 힘든 거죠?"

"제가 뭘 잘못했는지 알 수 없어서 더 힘들어요."

양 선생이 말하는 두 사람은 시 선생과 추 강사이다.

시는 부임 3년 차 신입인 미혼의 애송이 교사이고, 추는 휴직을 한 교사 대신 부임한 역시 미혼의 6개월 기간제교사이다. 양 선생보다는 두 살이 많다고 했다.

주리가 앉아 있는 위치는 시와 추가 앉아 있는 쪽이 잘 보인다. 언제부터인지 시, 추, 두 사람이 양 선생을 대하는 태도가 이상하다고 생각했다. 별것도 아닌 일을 가지고 양 선생을 놀리기도 하고 큰 웃음거리라도 찾은 듯 둘이 지나치게 낄낄대는 모습이 주리의 눈에 늘 거슬렸다. 둘은 주리의 등을 지고 앉아 있기 때문에 가끔 주리의 존재를 잊는지도 모른다. 알고 있다면 더욱 몰상식한 사람들이라 생각한다.

주리가 유난히 주변 분위기에 민감한 것은 동료들이 모를 것이다. 평소에 누구에게나 소탈하고 편하게 대해 성격 좋다는 말을 들어 왔던 터이다.

따돌림은 학생들의 문제로만 알고 있었는데 두 시, 추가 겁먹은 사슴 같은 눈망울의 소유자인 양 선생을 따돌리고 있는 것이다. 주리가 보고 들은 것만으로도 감정이 상하는 데 당사자인 양 선생은 얼마나 힘들까 짐작이 간다. 언젠가는 부장에게 말을 해야겠다고 생각을 하던 참이었다.

양 선생은 평소에 어린 딸 때문에 학급 종례를 마치자마자 여유도 없이 집으로 향한다. 수련회 사전답사도 육아 때문에 못 가서 죄송하다고 부장에게 말하면서 평소 웃음이 많은 양 선생은 예의 그 웃음을 보였다. 그때 업무 기획을 맡고 있는 추가 한 말이 가관이다.

"어머, 어디서 끼를 부려, 부리길……."

시를 보며 동의를 구하듯 덧붙이는 추의 말이 또 거슬렀다.

"하하하, 유부녀 주제에, 유부녀 주제에……."

주리가 들은 말이 실화냐 하고 싶을 정도로 충격적인 표현이다.

유부녀 아닌 추가 큰 벼슬이라도 한 양 비아냥대는 모습이 동료의 도를 넘었다.

듣고 있는 부장도 당사자인 양 선생도 제 3자인 시 선생도 특별한 반응이 없는데 유독 주리만 부르르 떨린다. 유머라고 하는 말인가, 웃자고 하는 말인가, 교무실에서 동료 교사에게 할 수 있는 말인가?

양 선생은 원래 다른 부서에 학생회 담당으로 있다가 부장이 학생회 일을 뒤늦게 떠맡는 바람에 이 부서에 합류하였다. 주리는 양 선생이 어쩔 수 없이 오게 됐어도 결론적으로 부장이 데려온 모양새라 더 신경 써주고 돌봐 주어야 한다고 생각했다.

남자가 눈치 없이 시, 추가 어떤 행동을 하는지도 모르고 부장과 기획이라고 함께 희희낙락하는 모습이 영 눈귀에 거슬렸다.

추가 기획을 맡게 된 과정도 주리는 이해가 안 된다.

학생회 부장뿐 아니라 기획은 학생 사안이 많이 발생하여 학부모와도 갈등을 빚는 일이 많아 모두가 꺼리는 자리다. 그래서 학생회 부장과 기획을 맡으면 가산점을 주기도 해서 승진을 하려는 사람은 울며 겨자 먹기로 맡기도 한다.

부장을 어렵게 임명한 다음에는 기획 자리를 추천받는데 보통 부장과 협조가 잘 되는 사람을 앉히기 마련이다. 담임을 임명할 때처럼 부득이한 경우 1년제 기간제라면 기획을 맡기지만 한 학기 기간제 교사는 업무의 지속성에 문제가 있어 꺼리는 편이다. 그럼에도 누구는 나이가 많다, 누구는 젊지만 3학년 담임이라는 이유로 묻지도 않고, 결국 추가 기획 자리에 임명이 되었다. 부장으로서는 저보다 나이 많은 사람보다 30대인 추가 편했을 것이다.

주리도 추가 처음부터 거슬렸던 것은 아니다. 혹시 기간제교사라 어색할까 봐 먼저 인사말을 건네었을 때, 추는 상냥한 말투로, 반겨줘서 고맙다고 예의를 차렸다.

전 부서에서 관리를 하지 않아 엉망인 냉장고를 청소할 때는 팔 걷고 도와주어 예쁜 사람이라고 생각했다. 추는 부서 회비를 내는 대신에 자비로 커피기계를 사서 자기 자리에 놓고 커피를 타주면 어떻겠냐고 제안을 했다. 학교에서는 대체로 나이가 젊어도 선배 교사에게 커피 타주는 것을 즐기지 않는 분위기라 그런 추를 기특하게 생각했다.

"선생님은 참 가정교육을 잘 받으신 것 같아요. 어쩌면 그렇게 선배 교사에게 잘해요?"

"아니에요. 선생님."

"가는 학교마다 칭찬받고 누구를 소개해 주겠다는 말을 많이 들었을 것 같아요."

"그렇지도 않아요. 저는 선생님이 부러워요."

일찌감치 교직에 발을 들여 50대에도 안정된 직장을 다니고 있는 주리가 부럽다고 했다. 주리가 시대를 잘 타고났다고 겸손하게 대처했지만 실력 있는 젊은이에게 자리를 내어줄 때가 되긴 했다. 정년이 되기 전에 명퇴를 한다면 말이다.

그때 성급하게 추에게 가정교육 운운했던 것이 주리는 후회스럽다.

어느 날 추가 입은 옷이 예쁘다고 생각한 주리는 다가가서 스스럼없이 말을 건넸다.

"추 선생님, 오늘 옷 정말 예쁘다!"

"아, 이거요, 제 옷은 주로 엄마가 많이 사다 주세요."

"그래? 그럼 비싼 거겠네. 50만 원? 100만 원……."

추가 강남에 산다고 해서 비싼 옷이라 지레짐작하고 값을 물은 것이 실수였다.

"어머, 부장님, 봉 선생님이 제 옷값을 물어요. 어떻게 좀 해주세요."

부장 쪽을 바라보며 큰일이나 난 것처럼 호들갑이다. 무례하게 옷값을 물은 주리의 잘못이긴 하지만 이것이 어떤 상황인지 황당하고 민망하여 제 자리로 돌아오는데 부장은 한마디 말이 없다.

그 무렵부터 주리는 추가 자신을 알게 모르게 따돌리는 것을 느꼈다. 아침에 커피를 마실까 하고 추에게 갔더니 앞에 앉은 젊은 조 선생에게 먼저 내려 주면서 하는 말이 주리의 기분을 은근히 상하게 한 것이다.

"조 선생님과 저는 커피메이트예요."

"그래요? 같이 커피 마신 지 얼마나 됐다고. 하하하."

왜, 소울메이트라고 하지? 웃고 넘겼지만 멋모르고 얻어 마시던 때와 기분이 달랐다. 커피메이트들 앞에서 주리가 커피를 달란 말을 하지 않으니 추도 끝내 커피를 건네지 않았다.

부장이 나서서 추가 부서원들에게 커피를 제공한다고 하니 회비를 면제하자고 해서 찬성했는데 주리 앞에서 조 선생과 커피메이트라고 보란 듯이 말하니 다른 사람은 이제 끼지 말라는 뜻인가.

그러거나 말거나 마음대로 커피를 내려 마실만도 한데 어쩐지 추의 책상에 놓인 커피기계를 만질 엄두가 나지 않았다.

주리의 예민한 촉수가 발동하기 시작했다. 말하지 않아도 아침마다 넌지시 부장 책상 위에 커피를 내려놓던 추는 이제 조 선생과 커피메이트를 맺고 두 꽃미남에게만 내린 커피를 제공하겠다는 심사로밖에 해석하지 않을 수 없다.

그날부터 추는 주리에게 커피를 권하지 않았지만 주리는 하던 행동이라 딱 끊기도 뭐해서 두어 번은 부장 커피를 내릴 때를 노려 나도 한 잔, 컵을 들이댔으나 어쩐지 기분이 좋지 않았다. 비굴함조차 느껴졌다. 카페인 중독자도 아닌 주리가 이렇게 비굴하게 커피를 마실 이유가 없는 것이다.

사실 부서원 인화 단결에 장단을 맞춰 주느라 커피를 받아 마신 것이지 딱히 아침 커피를 마실 이유가 없었다. 커피를 내린 지 3일밖에 안 되었기에 커피메이트 운운하는 추나 끊겠다고 하는 주리나 민망하긴 마찬가지이다.

매일 아침 추가 내린 커피를 들고 커피메이트가 조회하러 가면 뒤를 이어 다른 남자 기간제교사가 온다. 드륵드륵 가는 소리와 커피를 내려 마시며 수다를 떠는 그녀의 목소리가 거슬리기 시작한 것도 그 무렵이었다. 몇 살이나 어린 후배인지 그에게 한참 어린 남동생 대하듯 반말을 하는 추의 목소리가 커피기계 소리만큼이나 듣기 싫었다.

그러던 차에 수련회 사전교육 시간에 부장과 함께 사라진 기획의 행방이 더 신경 쓰이는 것이다.

주리는 어진 눈망울의 양 선생 눈에서 눈물이 나게 만든 사람들 가운데 부장에게 더 화가 나 있었다. 사전교육에 부장이 참석하지 않은 것은 말이 안 된다고 생각했다. '내 이것들을 당장에 요절을!' 낼 기세로 문을 들어서니 부장, 기획은 안 보이고 시 와 남자 셋이 앉아 있었다.

"아니, 남자 선생님들 뭐 하시는 거예요? 부장님은 어디로 가고⋯⋯."

예민한 주리가 사는 법

사전교육인지 몰랐다는 말을 표정으로 대신하는 세 남자는 멀뚱이 있는데 시가 말했다.

"부장님과 추 선생 아까 같이 나가던데……."

시는 둘이 팔짱 끼고 다니며 양 선생 흉을 봐도 추를 보호해 주는 미덕은 갖추지 못한 사람이다. 솔직하다고 칭찬을 해주기도 뭣하다. 부장과 기획이 출장을 간 것도 아니고 두어 시간 둘이 사라졌다는 것이 주리의 촉수를 자극했다.

주리가 5교시 수업을 다녀와서 앉아 있는데 추가 들어온다.

시로부터 부장과 둘이 나갔다고 들었으니 당연히 먼저 들어오는 추에게 부장의 행방을 물을 수밖에 없다.

"추 선생님, 부장님 어디 갔어요?"

"글쎄요, 어디서 수업하지 않으세요?"

오히려 주리에게 묻는 형국이다.

7교시가 끝나 퇴근 시간이 다가오고 화장실을 다녀오던 주리는 자리에 있던 부장과 눈이 마주치자 미간을 찡그렸다.

부장이 먼저 말을 붙인다.

"선생님, 안 좋은 일 있으세요?" 이미 추에게 자초지종을 들었을 것이다.

"부장님, 어디 갔었어요? 사전교육인데 양 선생 혼자 100여 명 모아놓고 고군분투하고 있더라고요."

"그랬어요? 민 선생님이 가보신다고 했는데……."

뭔가를 찾는지 책상 아래로 고개를 처박고 있는 민 선생 쪽을 가리킨다.

"민 선생님이 가보신다고 했어요?"

정년을 1년 남긴 민 선생은 무엇을 그리도 열심히 찾는지 얼굴을 들지 못한다.

아마도 잃어버린 양심을 찾고 있을 것이다.

"수련회 사전교육이 아무리 양 선생님 책임이라곤 하지만 최소한 부장, 기획은 참석해야 하는 거 아닌가요? 부장이 아니면 기획에라도 맡기고 가든지, 다른 사람에게 부탁하고 가든지……."

그 틈을 타서 시가 고개를 숙이고 있는 양 선생 등에 대고 한마디 한다.

다혈질이며 정의의 사도연하는 주리에게 이것저것 하소연한 것이 제 잘못이라고 통감하는 양 선생 들으라는 듯.

"자기 할 일은 자기가 알아서 하는 거 아니야?"

"시 선생님 말하는 것 좀 봐라."

주리가 시를 향해 한마디 하니 잠시 후 같은 말을 다시 한다.

"자기 일은 자기가 해야 하는 것 아니야?"

지극히 개인적이고 자기중심적인 주리가 단합을 말함이 어울리지 않는 일이라 느꼈지만 일의 중차대함에 비추어 볼 때 표현의 경중을 따질 일이 아니다.

"내일 수련회 가는데 이렇게 단합이 안 돼서야……."

그때 갑자기 추가 나섰다.

"선생님, 잠깐 저 좀 보시죠."

부장의 시선을 의식했는지 감히 20년 연상의 선배 교사를 복도로 불러내는 언행이 황당하다. 주리 기분이 영 좋지 않았으나 뭔 말을 하려나 궁금해 따라 나갔다.

"선생님, 방금 단합이 안 된다고 하셨는데 무슨 뜻으로 하셨나요?"

"무슨 뜻이라니요? 다음날 수련회라 사전교육에도 모두 참석

하는 것이 옳은 일 아닌가? 그런데 선생님이 왜 내게 해명을 요구하는지 모르겠군요."

주리는 더이상 추의 말을 들을 가치도 없어 자기 할 말만 하고 들어와 버렸다.

뒤를 이어 추가 씩씩거리며 들어오고 곧 퇴근 시간이 되었다. 퇴근 준비 한번 요란하게 한다. 책상 서랍을 큰 소리 나게 닫고 소지품을 챙기는 소리가 주리에게 당한 분풀이를 하는 듯하다.

"추 선생님, 왜 선생님이 나서서 그러세요? 다 부장님 잘못이라고요."

부장은 가만히 눈치를 보고 있는데 부임한 지 한 달이 안 된 기간제 교사가 기획이라는 사명감에 불타 화를 내고 있다. 주리 눈에는 오늘따라 과묵한 부장을 대변하느라 붉으락푸르락 용을 쓰고 있는 그 여자를 이해할 수가 없다.

주리가 아니라 울고 짜는 바람에 일을 이렇게 만든 양 선생을 향한 화풀이라 해도 지나친 것은 사실이다. 아무리 교직 사회가 남녀노소 평등하다고는 하지만 위아래가 없는 것은 늘 불만이었던 주리다.

며칠 전에도 실내가 너무 어수선해서 정리하느라 분주한데 두 젊은 교사는 자기 할 일만 하고 있다. 사실 자기가 좋아서 하는 일인데 남이 안 돕는다고 탓할 일은 아니다. 마침 시의 사물함 위에 전부터 잡다한 상자와 물건이 쌓여 있기에 이거 치우면 안 될까 했더니 한참을 말없이 바라보더니 낚아채듯 받아서 사물함을 요란하게 열고 구석에 집어던진다. 일하는데 왜 남의 물건을 치우라 말라 하느냐는 눈초리였다. 남의 물건을 괜히 치운다고 하다가 마음만 불쾌해졌다. 우리 젊을 때는 안 그랬다고 생각해봤자 구태의연한 사고라고 핀잔만 받게 생겼다. 젊은이들에게 어디서 꼰대 짓이냐고 한 소리 들을 만했다.

슬금슬금 눈치를 보던 사람들도 하나둘 퇴근하고 가방을 챙기면서 투닥투닥 하던 추가 시와 함께 나가버렸다. 수업 중 화장하는 여학생에게 주의를 줄 때 철없는 여학생들이 가끔 하는 행동이다. 주리가 가정교육 잘 받았다고 칭찬을 했던 추는 간 곳 없고 예의 없는 한 여자만 보였다.

이제 교무실에는 주리와 부장, 양 선생 셋만 남았다. 이 상황을 어떻게든 정리를 해야 퇴근을 할 것 같다.

"양 선생님 혼자 사전교육을 하게 하고, 도대체 부장님은 어디 갔었어요?"

"중요한 일이 있어서 나갔다 왔어요."

"무슨 일인지 모르겠지만 부장님이 없으면 기획이나 다른 사람에게 맡기고 갔어야 하는 것 아닌가요?"

기획과 둘이 같이 나간 것을 모른 척하고 물었다.

"사전교육에 꼭 부장이 있어야 하나요?"

"아니, 어떻게 그런 말을 해요? 부장님이 참석하지 않으면 누가 해요?"

마치 주리가 부장이고 맡은 일 안 한 부원을 나무라는 형국이다.

"민 선생님이 가보시겠다고 해서……."

퇴근하고 자리에 없는 원로교사 민 선생에게 또 미룬다.

주리는 말 나온 김에 뿌리를 뽑아야겠다고 생각했다.

"부장님, 이 일뿐 아니라 양 선생님이 요즘 힘든 것은 알고 계세요?"

"왜 양 선생님에게 무슨 일 있어요?"

"두 시, 추기 양 선생님을 따돌리고 있다고요."

"그게 무슨 말이죠?"

"내 자리는 두 사람이 아주 잘 보이는 곳이고 가림판이 높아서 고개를 숙이고 있으면 빈자리처럼 보여요. 가끔 내가 없는 줄 아는지 두 사람이 양 선생님 흉을 보더라고요. 그리고 양 선생님 앞에서 대놓고 무시하는 말을 하고. 양 선생님이 일부러 하하거리며 웃고 다니지만 그 속은 말이 아닐 거라고 생각해요. 조만간 부장님에게 말을 해야겠다고 생각했는데 이왕 이렇게 된 것 잘됐네요."

"내가 보기엔 추 선생이 고등학교에는 처음 와서 적응하려고 애쓰고 있는 것 같은데 ……."

이 상황에서 추를 두둔하고 옹호하려는 부장의 저의가 무엇인지 주리는 이해하기 어렵다. 기간제교사가 적응하느라고 애쓰다 못해 동료와 함께 양 선생을 험담하고 따돌린단 말인가.

"부장님이 다른 부에서 맡은 업무를 가져오면서 담당인 양 선생님도 올라온 것인데 부장님이 더 신경 써 주셔야죠. 다른 사람은 몰라도 난 알아요. 양 선생님이 매일 허허거리며 웃는 속이 어떤가, 두 사람이 대놓고 조롱할 때마다 웃음으로 넘기려는 그 속이 ……."

듣고 있던 양 선생이 때를 맞춰서 흐느낀다.

"제가 중학교, 고등학교 다닐 때도 안 당한 일을 지금 40이 가까운데 당하고 있어요. 교무실에 앉아 있는 게 너무 힘들어요."

서러움이 북받쳐 아까보다 더 소리를 내어 운다.

시, 추의 험담에 끼어들어 양 선생을 굴러온 돌이라고 맞장구를 쳤던 추의 커피메이트 조 선생의 말까지는 전하지 않았다. 그 말을 들으면 아마 통곡을 하고도 남을 일이다.

당사자인 양 선생은 사전교육이 시, 추와의 관계까지 확대되어 일이 커졌다고 생각했는지 사과를 한다.

"다 제 잘못이에요. 저만 잘했으면 이런 일이 없었을 텐데, 선생님께 정말 죄송해요."

"양 선생님이 잘못한 것 전혀 없어요. 부장님을 향한 화살을 자기가 대신 맞으려고 장렬하게 나선 추 선생 행동 봤죠? 기가 막혀서 말이 안 나와요."

기획이면 기획이지 부장의 개인 비서라도 된 양, 주리 앞에서 설치는 꼴을 생각하면, 말없이 부장과 동반 외출을 한 주제에 도둑이 제 발 저린지 적반하장이다.

순한 양 선생의 서러움이 폭발한 마당에 부장이 취할 행동은 무엇인가.

시와 추, 두 사람이 친해서 더 그렇게 느껴졌을 것이라고 말하는 자세는 부장이 할 말이 아니다. 새 학교에 적응하려고 애쓴다고 기간제 교사를 두둔하는 것도 취할 태도가 아니다. 한 시간 남짓 대화를 나눴지만 결론을 내지 못했다. 부장 참석 하에 시, 추와 양 선생이 모여 시시비비를 따진다 해도 주관을 가진 사람들의 엉킨 마음을 어느 정도 풀 수 있을까 어려운 노릇이다. 추가 학교를 떠나는 8월 말까지 곪게 내버려 둘 것인지, 터뜨려 상처를 치료할 것인지.

다시 생각하니 처음부터 추는 주리를 싫어한 것 같다.

학기 초에 학급에 청소도구를 나눠주는데 주리도 가봐야겠다고 생각하고 창고로 갔다. 혼자 있던 추가 모른 척하기에 주리는 칠판에 칸을 그려서 반을 적으며 내가 적을 테니 나눠주기만 하라고 했다. 추는 역시 들은 체 만 체, 북 치고 장구 치면서 저 혼자 다 한다. 주리는 아예 투명인간 취급이었다. 뒤이어 부장이 오고 주리에게 웬일이냐고, 이런 일도 하냐고 호들갑이다. 그러는 부장의 태도도 마음에 안 든다. 주리로 말할 것 같으면 측은지심을 기본으로 하는 인성이라 마음이 동하면 누가 시키지 않아도 움직이는 사람이다. 반대로 잘하다가도 누가 간섭하면 그대로 놔버리는 괴팍한 성격도 있다. 때로는 남이 무시하는 줄도 모르고 있다가 일이 터져 버리면 그때야 뒤늦게 울분을 삼키는 아둔한 면도 있다.

이제 생각하니 추가 주리를 투명인간 취급을 한 것도 이미 미운 터럭이 박혔기 때문이었다. 나이 든 교사가 가만히 있을 것이지 나이 먹은 값도 못 하고 성가시게 제 할 일을 가로채고 나댔기 때문이다. 아마도 그것이 주리에 대한 미움의 시작일 것이다.

게다가 추가 가지고 있던 청소도구 보관 창고 열쇠를 벽 위에 걸어두고 여러 사람이 쓰게 하면 어떻겠냐고 제안한 것도 거슬렸다면 거슬렸을 것이다. 곳간 열쇠도 아닌 청소도구 보관 창고 열쇠를 빼앗겼다고 서운하다? 돌이켜 생각하니 주리가 추의 역할을 가로챘다고 생각할 만하다. 주리 나름으로는 솔선수범하려고 한 것뿐인데.

부서 회비를 걷어 운영하는 총무 역할이 궂은일이라 생각되어 주리 스스로 맡기로 했을 때 추가 물었다.

"선생님, 제가 6개월 기간제교사라 선생님이 하시는 거예요?"

주리는 젊은 것이 당돌하다고 생각하며 대답했다.

"하하하, 이런 건 부자가 해야 하는 거야. 내가 부자잖아. 내가 할게. 하하하."

'총무는 부자가 할 일? 흥, 제가 부자면 얼마나 부자기에.'

농담을 진담으로 받으며 주리의 월권행위를 못마땅해했을 것이다. 당사자가 없는데 셋이 아무리 머리를 굴려봤자 결론이 나지 않는다. 주리 역시 남의 일에 감 놔라, 배 놔라 할 처지가 아니다. 이제 양 선생이 아니라 주리가 엉킨 마음을 풀어야 할 처지가 됐다. 이리저리 생각해도 추가 괘씸하기 이를 데가 없다. 주리는 어떤 일이든 납득이 될 때까지 풀어야 하는 성격이고, 스트레스를 담아 두지 못하는 사람이라 어떻게 하든지 해결을 해야 했다.

가능성이 희박한 일이지만 추가 오늘 안으로 잘못했다는 전화를 한다거나 내일 아침이라도 머리를 조아리면 충분히 마음이 풀릴 것이다.

주리가 아무리 편협하고 포용력이 부족해도 그 정도 아량은 가지고 있다. 내일이 수련회 가는 날이라 풀지 않고 가면 추와 숙소를 같이 쓰면서 여간 불편하지 않을 것이다.

출근하니 역시 추는 후배 교사와 '모닝커피 타임'을 즐기고 있었다. 추와 주리는 예전 같지 않은 목소리로 인사를 나눴다. 커피를 마시던 남자 기간제 교사가 눈치를 챘는지 작은 목소리로 여기 무슨 일 있냐고 물었다. 잠시 후 민 선생이 들어와 앉자 후배를 보낸 추가 다가온다.

"어머, 민 선생님 오늘 입으신 옷이 참 멋있어요. 등산하기 좋은 옷차림이시네요. 정말 잘 어울리세요."

주리가 추의 사과를 크게 기대한 것은 아니었다. 하지만 어제 아무 일도 없었다는 듯이 당당하게 목소리를 내는 것을 이해할 수가 없다. 사과를 못하면 적어도 조용히는 있어야 하는 것 아닌가. 주리 네가 나이를 먹었으면 먹었지 네가 무어냐, 너는 안중에도 없다는 뜻이 아닌가. 소외감을 느끼라는 듯 작정하고 앞에 서서 연신 평소에 눈길도 주지 않던 남자 옷차림이나 나불대고 있다. 평소에 듣던 추의 과장되고 호들갑스러운 목소리가 유난히 크고 거슬리게 들린다.

주리의 혈압은 점점 올라가고 목구멍에서 치밀어 오르는 한마디를 가까스로 참고 있었다. '이제 그만해라!'

"선생님 오늘 파란색이 수련회 가기에 딱 맞으세요."

더는 혈압 올라서 못 참겠다.

"아이, 시끄러워!"

자리를 박차고 나갈까 하다 뜻하지 않은 말이 목구멍에서 성가신 목소리로 울려 나왔다.

누구도 예상치 못한 돌발 상황에 추는 입을 딱 닫고 제자리로 돌아가고 민 선생은 개구리가 파리를 삼키는 표정으로 꿀꺽 소리를 낸다. 민 선생도 추의 과장된 찬사를 길게 듣고 싶지 않았을 것이다. 평소 말수가 적고 할 말도 절제하는 민 선생은 제대로 한 방 먹는 추를 목격해야 했다. 더구나 어제 일이 생생하게 기억나는 민 선생이 아닌가 말이다. 민 선생이 선배답지 못한 행동이라고 비난해도 할 수 없다.

주리는 이제 추에게 사과받을 것을 기대하지 않는다. 부원들에게 어제 일을 해명해야 한다. 주리가 잘못한 것은 사과하고 사실은 사실대로 밝혀야 한다. 주리는 떨리는 손으로 메신저를 열었다.

"어제 물의를 일으켜서 죄송합니다.
임원수련회는 우리 학생부가 다 참석하는 행사라 사전교육도 같이 하리라 생각했습니다. 그래서 시청각실에 갔더니 양 선생님만 고군분투하고 있더라고요.

학생들 다루는 게 얼마나 힘든지 아시지 않습니까?

부장님께 살짝 귀뜸하는 진중함을 발휘하지 못한 경솔함이 여러분을 불편하게 했나 봅니다.

추 선생님은 오해를 많이 하셨습니다.

단합 운운한 것은 위와 같은 이유로 말한 것입니다.

그런데 추 선생님은 저를 복도로 불러내어 해명을 요구하셨지요.

퇴근 시에도 화를 이기지 못하고 제게 하듯 요란하게 퇴근 준비를 하시더군요.

말씀드렸지요? 추 선생님이 아니라 부장님께 한 말입니다.

모든 책임은 부장님이라고요. 부장님과 오래 같이 근무하다 보니 믿는 마음에 경솔하게 행동한 것은 사과드립니다.

추 선생님이 정도 이상으로 제게 화를 내는 이유를 모르겠습니다.

부장님을 대변한다면 너무 흥분하신 것 아닌가요?

저도 흥분이라면 한가락 하는 사람입니다.

말로 하면 어떤 행동을 취할지 몰라 글로 대신합니다.

다시 여러분들에게 죄송하다고 말씀드립니다.”

양 선생 이야기는 뺐지만 부서원 모두에게 보낸 이 글로 추와의 화해는 물 건너갔고 주리가 수련회를 갈 것이냐, 말 것이냐 결정해야 한다.

어제 그 와중에도 마트에 들러서 부원들 간식을 마련하고 수련회 준비를 하고 왔지만 마음이 문제인 것이다. 부원들이 모두 읽었다는 표시가 떴지만 아무도 반응을 하지 않았다. 답을 기대하고 쓴 글은 아니지만 서운함이 미간을 스친다. 미간에 가로줄은 고독한 사람에게서 보인다는데 오늘은 소외감 그 자체이다. 이럴 때 외롭다고 하는 것이다. 아무도 주리의 말에 동조하지 않았고 서운함도 표현하지 않았다.

그저 침묵……. 그것이 차라리 나을 것이다. 어차피 주리에게도 '우리'가 아니라 '나'가 우선이었으니까. 주변 사람 생각하지 않고 주리 감정대로 표현했기 때문에 한두 사람만 속상하고 겉으로는 조용히 지낼 일을 크게 만들었는지 모른다.

주리는 마음에 걸리는 일이 있으면 그냥 좋은 게 좋은 거라고 곱게 넘어가지 못한다. 깔끔하게 해결하지 못하면 밤에도 잠을 이루지 못한다. 결론이 안 나면 자기합리화라도 하고 자야 한다. 추가 주리를 잘못 봤다. 간을 빼줄 듯이 잘하던 사람도 한번 밉보이면 그걸로 끝이다. 혹시 잘못을 깨닫고 사과를 한다면 아무 일도 없이 끝나겠지만 그러지 않으면 다시는 상종을 안 한다. 강해 보이지만 일종의 회피이기도 하다.

주리가 오래전 학년부장을 맡았을 때 수학여행에 불참하는 어떤 비담임 교사를 잔류학생 지도로 배치한 적이 있다. 연가를 낼 예정이니 지워 달라는 요구에 아직 연가 신청이 안 되어 있고 교무부장이 다 맡아서 할 것이라고 했더니 서류를 내던지며 화를 냈다.

황당한 일에 분한 마음을 부여잡고 있는데 한 시간도 안 되어 주리에게 사과를 했었다. 이런 경우는 아주 드문 일이고 동료 간 시비에서 사과를 받아 본 적은 거의 없다. 주리 역시 잘하다가도 한번 어긋나면 지독하게 외면해 버리는 성격이다. 그 고집이 가끔 복병을 만나 폭발하게 되는 것이다. 건드리지만 않으면 더할 나위 없이 좋은 사람이다. 맞춤형 복지금으로 받은 온누리 상품권을 교내 청소하는 분들에게 감사의 선물로 주는 것을 보면 잔정도 있는 주리이다.

부원들을 위해 회비로 마련한 간식을 조 선생을 시켜 버스에 옮기려 하니 조 선생이 묻는다.

"같이 안 가세요?"

"네, 내가 안 가는 게 좋을 것 같아요. 잘 다녀오세요."

"왜요?"

"메신저로 다 보냈잖아요."

"그 일 때문에요?"

조 선생은 겨우 그것 때문이냐는 듯 어이없다는 표정으로 묻는다.

남들이 생각하기에는 그까짓 거지만 주리에게는 통 크게 웃어넘길 수 있는 문제가 아니다. 조 선생을 포함한 부서원 대부분이 메신저의 단순한 내용만 알았지 주리와 추 사이에 쌓이고 쌓인 미묘한 갈등은 모를 것이다. 그렇게 말하는 조 선생이 부원들의 생각을 대변해 주는 것 같아 주리로 하여금 불참의 의지를 더욱 견고하게 했다.

버스는 떠나가고 배웅하던 사람들이 흩어질 때를 기다려 주리도 차를 몰고 나갔다. 남이 보기에는 차로 따로 출발하는 것처럼 보일 수도 있겠다고 생각했다.

돌이켜 보면 주리는 전근한 학교에서마다 알게 모르게 풍파를 겪었다. 나뭇가지는 가만히 있고자 하나 바람이 마구 흔들어 대듯이 예민한 듯 둔감한 사람들은 주리를 조용히 놔두지 않았다.

전 학교에서 15년이나 어린 여교사와 엮여서 눈물 바람을 일으킨 적이 있다.

위아래 가리지 않고 한번 마음을 열면 끝을 보고야 마는 주리는 재미있다고 따라다니는 오 선생과 가까이 지냈다. 성정이 싹싹해서 몇 번 대화를 하다가 속을 터놓는 사이로 발전했다. 20년이 넘는 교직 생활과 파란 많은 결혼 생활을 두루 겪어 이해심과 아량이 넓어 보이는 주리에게 오는 흠뻑 빠졌다. 주리는 자기를 무시하거나 무리한 도전만 하지 않으면 누구에게나 공평하고 친절하게 대했다.

편견 없이 사람을 대하는 모습에 주리를 좋은 사람이라고 말해 주는 사람이 더러 있었다. 그러나 아무리 좋은 사람이라도 만인에게 칭송을 받을 수는 없는 법이다. 어느 날 오가 자못 심각한 표정으로 말했다.

"샘, 속상해 죽겠어요."

"아니, 왜?"

"나 부장 말이에요. 선생님 이야기를 이상하게 하고 다녀요."

"나를?"

"선생님과 제가 친한 줄을 모르는지 알면서 일부러 그러는 지……."

"무슨 얘기를 했는데?"

"선생님이 좋다고 했더니 사람만 좋으면 뭐하냐고 나이가 찼으면 어울리는 직책에 있어야지, 부장도 못하고 뭐가 보기 좋으냐고……."

"하하하, 웃기는 사람이네. 내가 부장을 하든 말든 무슨 상관이래?"

"그러게요. 그 사람은 야망이 있어 부장도 하고 전문직 시험도 준비하잖아요."

부모님이 그랬듯이 천성적으로 야망도 없고 명예욕도 없어서 경쟁이란 단어에 거부감을 가지고 있는 주리인지라 나 부장이 그랬었구나 하고 무신경하게 넘겼는데 정작 주리를 자극한 것은 그런 말을 옮긴 오였다.

"샘, 저는 샘이 정말 좋아요. 매사에 쿨하시고 유머도 있고 어떤 경우에도 당당하시잖아요. 그런데 나 부장 같은 밉상이 샘에게 나이에 어울리는 직책도 없이 초라하게 다닌다는 말을 해대니 속상해 죽겠어요."

"나는 나일 뿐이야. 뜻한 바가 있어 전문직도 하고 감도 하고 장도 할 사람들은 그러라고 해."

"샘은 젊었을 때도 그런 욕심이 없으셨어요?

"응, 능력은 둘째 치고 예나 지금이나 경쟁하는 것 싫어. 그래서 순위를 다투는 같이 하는 운동보다 혼자 하는 수영을 좋아해. 학교도 마찬가지야. 위로 올라갈 생각 안 하고 애들만 잘 가르치면 되잖아."

"샘이 그렇게 말씀하시니 그렇기도 하고, 전 어떤 길로 가야할지 잘 모르겠어요."

"하고 싶은 대로, 능력대로 하면 돼. 남 신경 쓰지 말고."

이렇게 마무리를 했지만 오는 틈만 나면 주리에게 나이에 걸맞은 신분이 필요하다는 것을 은근히 강조하는 것 같았다. 듣기 좋은 풍월도 한두 번인데 별로 기분 좋지 않은 말을 거듭 들으니 슬슬 화가 나기 시작했다. 마른 땅바닥을 무심하게 기어가는 지렁이가 악동의 발에 뭉개지는 것을 목격하는 기분과 흡사했다.

후배 오의 낯을 서게 하려면 막교사의 신념을 버리고 부장의 대열에 합류해야 하지만 일단 그 가벼운 입놀림으로 당당했던 주리를 굴욕적인 모습으로 비치게 한 나 부장을 두고 볼 수 없어 메신저를 켰다.

학교에서 업무 교류뿐 아니라 대인 공격용 무기로 메신저만 한 것을 아직 발견하지 못했다.

"오늘 점심 같이 먹을까?"

"좋지, 어디서?"

"4교시 끝나고 교내식당 앞에서 만나."

"에이, 난 또……."

"뭘 기대했어? 하하하."

이런 시답잖은 용도로도 사용하곤 했는데 이번에는 진솔하고 심각하게 접근해야겠다. 알고 보면 주리의 메신저 공격이 이번이 처음은 아니다. 2년 전에 도서관 담당 교사가 자기 수업 시간에 도서실을 독점해서 사용하기에 전 교사에게 공지해서 신청을 받자고 한 적이 있었다. 주리의 말을 무시하고 자신이 우선 사용하고 남는 시간에 사용하라는 이기적 발상에 주리가 전 교사의 의견을 물은 적이 있었다. 물론 그 교사의 어이없는 작태를 고발하려는 의도도 숨어 있었다.

이번에 또 전체 메신저를 보내면 2년 만에 다시 메신저 고발인이 되는 것이다.

동료들에게 욕깨나 먹을 각오가 서있어야 한다. 더 나아가서는 명예훼손으로 고발당할 수도 있다.

"요즘 꽃바람이 향긋한데 가끔 어디서 악취를 실어 오네요. 말 많은 집에 장맛이 쓰다는 말이 학교에서도 적절한 것 같군요. 사람들은 각자의 생각이 있고, 삶의 방식이 있어요. 내가 생각하는 것이 언제나 옳지 않듯이 나 부장 생각을 남에게 강요하지 마시고, 아무것도 모르는 후배 교사에게 적절치 못한 말로 혼란을 주지 마세요. 다시 이런 일이 일어난다면 아끼는 후배를 위해서, 나를 위해서 가만히 있지는 않을 거예요."

나 부장뿐 아니라 전교사에게 뿌렸다. 영문을 모르는 사람들은 뭔 일이래? 어리둥절한 표정이고, 어떤 사람은 슬금슬금 주리의 눈치를 보며 지나가기도 했다. 혼비백산 놀란 것은 나 부장과 오 선생이었다. 자신이 뭘 잘못한 지도 모르는 듯, 나 부장은 오를 불러 자초지종을 캐묻고 큰소리를 치며 궁지에 몰아넣었다.

오는 한바탕 곤욕을 치르고 주리에게 와서 예의를 지켰지만 강하게 항의를 했다.

"선생님이 그렇게 하시면 저는 뭐가 돼요? 나 부장이 저보고 얼마나 뭐라고 하는 줄 아세요? 선생님을 믿고 말씀드린 건데 저만 곤란하게 됐어요."

주리를 믿은 것이 잘못이라면 잘못이다. 사람을 자꾸 나무 위에 올려놓고 흔드는데 중심을 잡고 가만히 있을 사람이 아니다. 그러기에 한번 하고 말 일이지 자꾸 주리의 심사를 뒤틀리게 했냐 말이다. 주리는 주리대로, 오는 오대로 마음이 상해 잠시 친교를 끊고 각자의 시간을 가졌다. 둘이 비슷해서 오래 갈 성격들이 아니라 한 달도 안 가서 다시 관계 회복을 하긴 했지만.

그 학교에서 두 번이나 메신저 공격으로 동료들을 혼란스럽게 한 후에 주리가 마음이 정리되자 한 행동이 있었다.

물의를 일으킨 사과의 의미로 직원 조회 시간에 떡을 돌린 것이다. 한 상자에 밥공기만한 두텁떡 두 개씩을 포장해서 입구에 놓고 들어오는 사람들에게 주었다. 물론 그전에 떡을 돌리게 된 사연은 미리 메신저로 보낸 후다.

아마 학교에서 이렇게 다양한 용도로 메신저를 사용하는 사람이 흔치 않을 것이다. 이런 것을 일컬어 병 주고 약 준다고 하는 것이다. 당사자들은 혼자서 북 치고 장구 친다고 했을 것이고, 영문을 모르는 사람들은 굿이나 보고 떡이나 먹자고 했을 것이다. 우리 속담이 참으로 차지게 들어맞는다.

예민한 주리가 사는법

주리가 전근할 때 새 학교에서는 제발 없는 듯 살기를 바랐다. 그런 다짐도 소용없이 이제는 6개월짜리 기간제교사와 보이지 않는 암투를 벌이고 있는 주리이다. 사람의 성정이 남이 탓한다고 고쳐지는 것이 아니고, 자신이 다짐한다고 변하는 것이 아니다. 조용히 살고자 하나 환경이 가만 놔두지 않는다고 핑계를 대는 주리가 다짐한 대로 못 살아도 할 말은 있다. 아전인수(我田引水), 견강부회(牽强附會), 합리화의 달인이기 때문이다. 참을 만큼 참지 않는다. 남들이 참을 만해도 주리가 못 참으면 정당한 반응이다. 남들이 못 참는다고 해도 주리가 참을 만하면 그것도 그럭저럭 지나가도 될 일이다.

목요일에 부장이 주리에게 전화를 했다.

"이번 토요일에 벌점 받은 학생들 데리고 ○○랜드에 가기로 했는데 선생님도 가실래요?"

"○○랜드? 또 외부로 나가요? 벌점 많이 받은 애들을 학교에서 상담하고 지도하지 오히려 신나게 놀게 해주네."

"학교에서 하는 것이 한계가 있고 지도하기가 어려워서요."

"지난 토요일에 서해안 갔었는데 또 나가요?"

"이번에는 다른 학생들이에요. 시간 되시면 같이 가시지요."

"난 주말마다 어머니께 가야 해서 못 가요."

"부담은 느끼지 마세요."

"듣고나니 부담 되는데……"

학업 중단 위기 학생들과 징계 내린 학생들 20여 명 데리고 젊은 교사 4명이 2박 3일로 서해안에 다녀온 것이 지난주 토요일이다. 짐작한 대로 부장과 시, 추, 조 선생, 젊은 그들이 인솔교사로 출장 기안을 올렸다. 그리고 알림장에는 부장 외 3명이라고만 썼다. 점심시간에 처음 얼굴 보는데 캠프 얘기부터 꺼냈다. 가기 바로 전날에 간다는 사실을 알린 것을 보면 예민한 주리가 신경이 쓰이긴 쓰였나 보다.

"내일 애들 데리고 2박 3일 캠프 가요."

"알림장 보고 알았어요. 원로선생님들도 같이 가시나요?"

"아니요. 안 가신다고 해서……"

"그럼 누구누구 가요?"

주리는 누가 가는지 알면서도 물었다.

"저와 시 선생, 추 선생, 조 선생님이요."

"시 선생은 매일 아프다면서 그런 데는 잘 가네요."

"가서 쉬겠죠."

"아하."

겉으로 드러내지 않았지만 주리는 못마땅했다.

교육청에서 학업 중단 위기 학생을 위해 내려보낸 예산을 쓰기 위해 해당하지도 않는 학생들 몇 명 끼고 전문 상담이나 진로진학 교사 없이 마음에 맞는 젊은 교사들끼리 짝을 맞추어 놀러 간다는 느낌을 떨쳐 버릴 수가 없었다.

부서에 중견교사 세 명이 있는데 이미 눈 밖에 난 주리를 제외하고라도 두 교사는 가야지 않겠는가 하는 생각이다. 물론 판은 다 짜놓고 형식적으로 물어봤을 것이다. 2박 3일 동안 원로교사 고된 업무를 생각하는 척하면서 계획대로 진행을 했을 것이다. 원로교사도 명목은 학생 지도지만 노동도 아니고 캠프인데 거기에 감히 원로교사가 끼겠다고 했을 리가 없다. 아무리 젊은 사람들이 날고 기어도 교단에서 40년이 조금 모자라는 연륜을 쌓은 사람들이 그 정도 눈치 못 챘을 리가 있나. 넌지시 양보했을 것이다.

부서 밖으로 도는 주리지만 할 말은 해야겠다. 이번만 참견하고 그만두자 다짐하며 부장에게 문자를 보냈다.

"하고 싶은 말은 해야 하는 성격이라 먼저 미안하다는 말부터 할게요."

"별말씀을……편하게 하세요."

"캠프 가는 구성원 조합이 이상해요. 학업 중단, 흡연자, 벌점자 등 종합적인 지도를 하러 가면서 상담교사나 학년 부장 등 학생들을 전문적으로 상담할 교사는 없고, 젊은 교사 네 사람이 겸사겸사 놀러 간다는 인상을 지울 수가 없어요. 3학년 담임인 조 선생은 평일에 거기 왜 들어가지요? 그리고 원로선생님들이 안 간다고 했다고요?"

"교장, 교감님께 의논을 했는데 학생부에서만 가는 것이 좋겠다고 해서 원로 선생님들에게 물어봤어요. 안 가신다고 했고, 반드시 연장자가 끼어야 한다는 것은 아니라고 생각해요."

"젊은 사람들 먼저 정해 놓은 분위기에서 거기 끼겠다고 하셨을까요? 제가 생각하기에는 뒤에서 말이 나올 조합인 것 같아요."

"다 제가 안고 가야 하는 짐이라 생각해요."

"부장으로서 젊고 가까운 사람만 챙기지 않았으면 해요.

"참 힘드네요."

"부장으로서가 아니라 인간사가 다 힘들지요. 어쨌든 잘 다녀오세요."

만약 계획하기 전에 주리에게 물었다면 물론 안 가겠다 쪽이다. 시와 추가 가는데 가고 싶지도 않고 그쪽에서도 빠져 줬으면 했을 것이라 앞서 판단했을 것이다. 부서원으로서 책임감이 없고 자기중심적이라는 뒷말을 감수하더라도 안 간다고 했으리라.

며칠 후 시가 기획으로서 부서원 전체에게 메신저를 보냈다.

'금요일 동아리 활동 시간에 과벌점 및 흡연학생 30명 대상
으로 사제동행 걷기대회를 진행할 예정입니다. 지도교사는 총
3~4명으로 계획하고 있습니다. 참여하시고자 하시는 샘께서는
조 편성을 위해 오늘 퇴근 전에 참석 여부를 알려 주세요.'

이미 심사가 꼬일 대로 꼬인 주리는 이런 계획을 하는 부장과 기획
이 곱게 보일 리가 없다. 서해안 2박 3일 캠프와 ○○랜드에 갈 때는
미리 짜놓고 자기들끼리만 갈 수 있게 조장을 해놓고 볼 사람만 보라
는 듯 알림장에만 올렸다.

그리고 햇볕 아래 힘들게 걷는 행사는 부서원 전체에게 전달을 한
다. 주리가 부장에게 오지랖을 부린 일이 달갑지는 않지만 신경이 쓰
이기는 쓰였나 보다. 그러거나 말거나 그 시간에 동아리를 지도해야
하는 주리에게는 전혀 상관이 없는 일이라 미동도 하지 않았다. 두 원
로교사마저 불참하기라도 하면 그래서 매사에 원로들을 배제할 수밖
에 없었다고 결론을 내려도 할 수 없는 일이다. 결국 동아리를 담당하
지 않는 부장과 기획이 당연히 행사를 진행할 것이기 때문이다. 추는
그 이후에도 계속 주리를 압박해왔다.

'화요일 방과후에 사제동행 밥상 차리기가 진행될 예정입니

다. 참여하시고자 하시는 샘께서는 오늘 오전 중에 참석 여부를
알려주세요. 즐거운 하루 되세요.'

주리에게는 결코 즐거운 하루를 줄 수 없다는 듯 아침부터 쐐기를
박는다. 공식적인 메신저에 번번이 '샘'이라는 호칭마저 마음에 안 든
다. 추에 대한 사적인 감정으로 부서 행사에 불참하려는 주리의 일탈
을 공식화하기 시작했다. 아예 부서원뿐 아니라 전 교사에게 메신저를
뿌리면 속이 시원하겠다. 주리의 일탈이 이번만이 아니라는 것은 이
학교에서 3년 이상 근무한 사람은 다 아는 사실이라 재미있는 구설이
될 수 있겠다. 2년 전 전근을 간 교사와 큰 언쟁이 있었던 일도 지금 부
장 밑에서의 일이라 부장을 봐서는 얼굴을 못 들 일이건만 주리가 아
직도 빳빳이 고개를 들고 다니는 것은 자기가 잘못한 적이 없다고 생
각하기 때문이다. 한없이 아량이 넓고 한번만 마음 주면 아낌없이 베
푸는 주리를 물로 본 것은 다 남들 탓이기 때문이다. 주리는 선량하고
인정이 많은 사람에게 더 잘 하는 것이 인지상정이라 생각하는데 자신
의 마음 같지 않은 사람들이 서운하다. 그 서운함이 쌓였다가 폭발하
는 때가 있기 마련이다. 평소에 점잖고 말 없는 사람이 한번 화나면 무
섭다고 하지 않는가. 주리가 점잖고 과묵한 축에 끼지 않지만 잠자는
사자의 코를 건드렸다가는 두고두고 후회하게 만들어 주는 성격의 소
유자임은 틀림이 없다.

"아이고 참내, 너 같은 건 트럭으로 갖다 줘도 안 받는다. 허!"

"아니, 왜 그러세요? 아침부터 무슨 일로?"

"그 작달막한 영어 있잖아요."

"아, 신 선생이요?"

"신 선생인지, 구 선생인지, 엘리베이터에서 친근하게 말 걸다가 살짝 팔꿈치를 건드렸나 봐요. 그렇다고 정색을 하고, '얘기하실 때 치지 말아 주세요.' 요러는 거야. 기가 막혀서."

"어디서 기분 나쁜 일이 있었나, 왜 그러지? 그럴 사람이 아닌데……."

"그렇다 해도 그렇게까지 말할 필요가 뭐 있어요. 사람 민망하게."

그런 신 선생 못지않게 주리가 예민하게 구는지도 모른다.

2학기가 되어 추가 6개월의 근무를 마치고 나가도 주리는 제자리로 돌아가게 될 것 같지 않다. 노트북 가방을 들고 크로스백을 맨 채 방랑자처럼 도는 주리는 정말 자유인이 돼가는 것을 느낀다. 자기 자리에 가본 때가 언제인지 그 자리에는 먼지만 쌓여 있을 것이다. 학기 초에 호젓한 자리라고 옆 사람에게 양보를 받아 차지한 자리가 아닌가. 주인이 없어 뽑히지 않은 책이 책꽂이에서 시간을 기다리고 회전의자는 저 혼자 돌지도 못하고 그대로 멈춰 있을 것이다. 혹은 주인 없는 의자라고 눈총을 받다가 툭 치고 지나가는 서슬에 서러움을 느끼고 있을지도 모른다.

교정에는 아직 피지 않은 벚꽃들이 꽃망울을 터뜨리려 준비하고 있었고, 백목련과 자목련이 품격 있는 자태로 하늘을 우러르거나 푸른 풀밭을 내려다보고 있다. 주리는 지금 저렇게 우아한 목련꽃들이 고고하게 품위를 지키다 며칠도 안 되어 바닥에 널브러져 있는 모습을 상상한다. 며칠 지나지 않아 잇달아 피는 화사한 벚꽃들이, 갈변되어 바람에 날아갈까 축축한 땅바닥에 착 달라붙어 마지막 몸부림을 하는 목련 꽃잎들을 측은하게 바라보고 있을 것이다. 오늘도 크로스백을 매고 검은 노트북 가방을 든 주리를 누군가는 저 떨어진 목련 꽃잎처럼 연민의 눈으로 바라보고 있을지도 모른다.

예민한 주리가 사는법

종이상자 리모컨

아빠가 현관문을 쾅 닫고 나갔습니다.

나 보고는 문을 살살 닫으라고 말씀하시면서 아빠는 깜짝 놀랄 만큼 크게 소리 내어 문을 닫고 나갔습니다.

현관에는 흐트러진 내 운동화와 엄마의 낡은 구두만 오도카니 남아 있었습니다.

내 운동화는 아빠를 따라 나가고 싶었는지 코를 문밖으로 향하고 있었습니다.

엄마 구두는 난 모르겠다고 하는 듯 이쪽저쪽 멀찍이 떨어져 내팽겨져 있었습니다.

늘 세 신발이 옹기종기 정답게 모여 있었는데 오늘은 두 켤레의 신발만 쓸쓸하게 남아 있습니다.

예민한 주리가 사는 법

물끄러미 아빠의 뒷모습을 따라가던 엄마도 붉어진 얼굴로 다다다 내달리더니 안방 문을 꽝 닫고 들어갔습니다.

나 보고는 아래층에 울린다고 살살 걷고 조용히 문을 닫고 다녀야 착한 어린이라고 하면서 엄마는 뛰다시피 걷고 문을 꽝 닫았습니다.

나만 혼자 거실에 남았습니다.

고양이가 내 옷을 깔고 앉아 졸고 있으니 더욱 쓸쓸합니다.

나도 내 방으로 들어가야겠습니다.

문은 정말로 조용히 닫았습니다.

나마저 크게 닫으면 우리 식구는 모두 나쁜 사람이 되기 때문입니다.

할머니는 어른들이 때가 묻어서 어린이보다 착하지 않다고 하셨습니다. 때가 묻은 아빠와 엄마 대신에 나라도 착하게 살아야겠다고 다짐합니다.

엄마의 방문은 5시가 넘도록 열리지 않았습니다.

벌써 세 시간이 넘었습니다.

화장실이 안방에도 있기 때문에 나올 필요가 없을지도 모릅니다.

문에다 귀를 대보니 훌쩍이는 소리와 코를 푸는 소리가 들렸습니다.

들어가서 엄마의 눈물을 닦아주고 싶었지만 엄마가 부끄러워할까봐 참았습니다.

내가 울 때도 누가 보면 창피하기 때문입니다.

저녁밥을 할 때가 지났는데도 방문은 굳게 닫혀 있습니다.

나도 아직은 배가 고프지 않아 책상 서랍을 열었습니다.

내 생일 때 먹은 케이크 상자가 예뻐서 버리지 않고 뚜껑을 사각형으로 오려 놓았습니다.

파란색 선이 위에서 아래로 그려져 있고 분홍색 꽃잎이 중간 중간에 피어 있는 모양입니다. 무척 예쁜 무늬라 버리기가 아까웠습니다.

상자 모양으로 접기 위해 가위로 잘랐습니다. 분홍색 꽃잎을 오리지 않도록 조심스럽게 잘라서 풀을 붙이니 예쁜 직사각형 상자가 되었습니다. 크기는 엄마의 핸드폰보다 조금 작고 내 손바닥보다는 조금 큽니다.

꽃잎 5개에 초록 색종이로 잎을 만들어 붙이니 종이꽃이 진짜 꽃처럼 푸릇푸릇해졌습니다.

엄마는 무척 꽃을 좋아합니다.

반찬거리를 사러 시장에 가서도 꽃집 앞을 그냥 지나치지 않고 한참을 서서 이것저것 물어봅니다. 결국은 작은 화분 하나를 사지만 시간이 너무 오래 걸립니다.

꽃집 아줌마와 친하니까 괜찮은지 몰라도 나는 신경이 쓰입니다.

꽃을 관리해야 하고 손님이 오면 맞이해야 하는데 엄마가 자꾸 물어보면 귀찮을 것 같습니다.

엄마도 내가 무얼 물어보면 뭘 자꾸 물어보냐고 짜증을 낸 적이 있거든요. 그래도 조그만 화분 하나를 사는 것 보니 마음이 놓였습니다.

베란다며 주방 창가에는 이름도 모르는 꽃과 잎사귀가 풍성한 식물들이 많습니다. 모두 엄마가 하나씩 모으고 심은 것이랍니다. 그중에 하나는 이름을 알고 있습니다. 고구마입니다. 엄마가 군고구마를 해 주겠다고 사서 남은 한 개를 물컵에 꽂아 놓았습니다.

고구마를 왜 물에 담가 놓느냐고 물었더니 좀 있으면 뿌리가 나고 잎이 날 것이랍니다. 흙이 아니라 물에 심는 것이 신기했습니다.

아침이면 쪼르르 달려가 한참을 바라봐도 뿌리가 안 나옵니다.

며칠이 지나니 할아버지 수염처럼 하얀 뿌리가 조금 내려왔습니다.

그리고 며칠을 기다리니 붉고도 파릇한 잎이 쫑긋 귀를 세우듯 올라왔습니다.

그러더니 그 잎은 매일매일 빠르게 자라서 줄기가 아래로 길게 뻗어 옆에 화분까지 침범했습니다. 자고 일어나면 줄기가 또 생기고 그 줄기는 한없이 길게 뻗어 갔습니다. 나도 저 고구마처럼 빨리 자라서 엄마의 어려운 이야기도 잘 들어 주고 싶습니다. 엄마도 고구마를 가꾸듯이 내 이야기에 귀를 기울일 겁니다.

꽃잎을 달고 꽃 가운데에는 노란 색종이로 동그라미를 만들어 붙였습니다. 이렇게 정성 들여 무엇을 만든 적은 별로 없습니다. 어린이집 선생님이 찰흙으로 고양이를 잘 만든다고 칭찬을 해줬을 때 빼고.

엄마는 예쁘게 포장된 선물을 풀고 난 후 포장지나 종이 가방을 버리지 않습니다. 다용도실 선반에 놓아두고 선물을 포장할 때 쓰거나 종이가방은 모아서 상가 옷수선집 아저씨에게 가져다주었습니다.

손님들이 팔에 걸쳐 가지고 온 옷을 수선하고 찾아갈 때 담아 주는 용도로 쓴다고 말씀하셨습니다.

엄마는 나보다 착하고 아저씨보다도 착합니다. 그래서 나도 포장지와 종이 가방은 함부로 버리지 않았습니다.

목요일마다 분리수거 하는 날에는 버려진 폐휴지 더미에서 깨끗하고 예쁜 종이가방을 주워 와서 엄마가 내 볼을 살짝 꼬집어 주었습니다.

기분이 참 좋았습니다. 그렇지만 엄마는 이제 종이 가방이 많으니 그렇게까지 하지 말라고 하셨습니다. 대신 집에 있는 포장지와 종이 가방은 얼마든지 가지고 놀아도 좋다고 하셨습니다.

엄마는 우유 상자도 버리지 않고 깨끗이 씻어서 말린 다음에 포장지와 색종이를 붙여서 예쁜 연필꽂이와 칸막이 상자를 만들었습니다.

화장대와 책상 위에는 엄마가 우유 상자로 만든 것들이 많이 있습니다. 내가 엄마의 뱃속에 있을 때부터 만들어서 내가 태어나면 보여 주겠다고 모아 놓으셨답니다.

내가 6살이 되어 엄마의 흉내를 내어 만들었지만 엄마의 솜씨는 못 따라갑니다.

이제 종이 상자가 완성되었습니다.

꽃잎 위에 1번부터 5번까지 번호를 쓰고 꾹 눌러 보며 벨 소리를 내 보았습니다.

딩동댕, 떵동, 삑……스스로 만드는 벨 소리가 재미있어 혼자 쿡쿡 웃었습니다.

그러고 보니 웃을 때가 아닙니다. 엄마는 슬퍼서 울고 있는데 나 혼자 웃으면 엄마가 서운해 할 것입니다.

안방으로 가서 살짝 문을 열었습니다. 엄마는 휴지통을 가운데 두고 방을 정리하고 있었습니다.

눈물은 보이지 않았는데 눈이 붓고 얼굴은 붉었습니다.

"민희야, 배고프지?"

"아니요. 엄마는 이제 괜찮아요?"

"응, 엄마가 조금 슬퍼서 울었어."

"아빠가 엄마를 슬프게 했지요? 아빠가 미워서 그렇지요?"

"아니야, 내가 미워서 그래. 근데 그거 뭐니?"

엄마가 자신을 미워한다는 말이 이해가 안 됐지만 엄마가 종이 상자를 궁금해 했기에 엄마에게 상자를 주었습니다.

"번호를 하나씩 눌러 보세요."

"응?"

"엄마가 좋아하는 숫자부터 눌러 보세요."

"그럼 5번."

엄마가 5번을 누르자 나는 한 손을 입에 대고 도날드덕처럼 오리 소리를 냈습니다.

"푸륵푸륵, 꽥꽥꽥, 푸륵푸륵, 꽥꽥꽥"

"엄마, 재밌지, 재밌지?"

"정말 오리 울음소리와 똑같구나."

엄마는 크게 웃지는 않았지만 울지 않은 것만으로도 다행입니다.

"엄마, 하나 더 눌러 보세요."

"이번엔 3번."

나는 언젠가 텔레비전 광고에서 본 아저씨가 춘 춤을 추었습니다.

친구들은 그 아저씨와 똑같이 춘다고 말합니다. 내가 누구를 닮아서 그런지 춤은 잘 춘다고 아빠가 말한 적이 있습니다. 아빠는 그러면서 얼마나 크게 웃는지 모릅니다. 정말 잘 춰서 웃는 것이겠지요.

엄마는 이제 이를 하얀 이를 드러내며 웃습니다. 엄마가 부은 눈이 안 보이도록 웃으니 부끄럽긴 해도 기분이 좋았습니다.

"엄마, 5번까지인데 한 번만 더 눌러 보세요."

"힘들겠다. 그만해."

"난 괜찮은데, 엄마 싫어요?"

"아니야, 1번."

"이번에 노래에 당첨되셨습니다!"

나는 장난감 마이크를 잡고 노래를 불렀습니다. 엄마가 늘 나를 재우면서 부르던 노래입니다.

"엄마야, 누나야, 강변 살자. 들에는 반짝이는 금모래 빛, 뒷문 밖에는 갈잎의 노래, 엄마야, 누나야, 강변 살자."

이 노래를 엄마가 불러 주면 노래가 끝나기도 전에 잠이 스르르 와서 잡은 엄마 손을 놓았습니다.

이 노래가 끝나자 엄마는 갑자기 휴지를 찾습니다. 옆에 있는 휴지

상자에서 휴지를 뽑아 주니 엄마는 눈물과 콧물을 닦습니다.

내가 잘못했습니다. 엄마의 마음을 위로해 주려고 했는데 엄마를 울리고 말았습니다. 차라리 '반짝반짝 작은 별'을 노래할 것을 그랬습니다. 어린이집에서 배운 '작은 별'도 엄마와 같이 부르던 노래인데 곡을 잘못 골랐나 봅니다.

내가 울상을 짓고 있으니 엄마는 가만히 내 손을 잡아 무릎에 앉힙니다. 그리고 머리를 쓰다듬으며 꼭 안아주었습니다.

배가 많이 고프겠다고 하면서 주방으로 나가 내가 좋아하는 오므라이스를 해주셨습니다.

엄마는 나만 주고 소화가 안 된다며 저녁밥을 안 드셨습니다. 나도 전에 울고 난 다음에는 밥 먹기가 싫었기 때문에 엄마를 이해했습니다.

엄마가 해주는 오므라이스는 아빠가 해주는 김치볶음밥보다 맛있습니다. 엄마 없을 때 아빠가 가끔 해주는 김치볶음밥은 매워서 싫습니다. 엄마는 김치를 물에 씻어서 해주는데 아빠는 매운 것도 먹어야 한다며 그대로 해주기 때문에 말을 해야 소용이 없다는 것을 압니다.

엄마는 내 마음을 잘 알기 때문에 엄마를 더 좋아합니다.

식탁 위에는 그림이 하나 걸려 있습니다.

엄마가 1,000개의 조각을 맞춰서 만든 그림입니다. 눈을 동그랗게 뜬 소녀가 손으로 턱을 괴고 우리를 빤히 바라보고 있습니다.

밥을 먹을 때면 한 숟가락 달라고 하는 것 같기도 하고 얼마나 잘 먹나 보자고 하는 것 같습니다.

내가 먹기 싫어하는 당근이나 파를 골라내려고 하다가 그냥 꿀떡 삼키고 소녀를 바라보니 웃고 있는 것도 같습니다. 엄마는 그래서 식탁 위에다 걸어 놓았나 봅니다.

저 그림 퍼즐을 맞출 때 엄마는 큰 상에다 퍼즐 조각들을 늘어놓았습니다.

엄마는 한 번 쓱 보고 퍼즐을 맞춰나갔습니다. 비슷한 퍼즐이 많아서 나는 어쩌다 하나 맞추면 엄마는 잘했다고 칭찬을 해주셨습니다.

"민희야, 이렇게 많은 퍼즐이 제 자리에 딱 맞는 것 보면 신기하지 않니?"

"네, 다 비슷한데 엄마는 어떻게 잘 맞춰요?"

"비슷비슷해 보여도 다 달라. 다른 퍼즐들이 모여서 하나의 그림을 만들어 내니 참 재미있어."

"엄마는 내 얼굴도 맞출 수 있었어요?"

"이미 예쁘게 맞추어 나온 얼굴인데 뭘 맞춰? 하하."

엄마는 예쁘다고 하지만 그림의 여자애처럼 예쁜 얼굴로 다시 만들었으면 좋겠습니다.

엄마 손을 잡고 밖에 나가면 엄마와 딸이라는 것을 알 텐데 고개를 갸우뚱하고 물어 봅니다.

"딸 맞아요? 안 닮았네요."

"딸이에요. 커가면서 달라지는 것 같아요."

"그럼 아빠를 많이 닮았나 보네."

나는 아빠를 닮은 것이 싫습니다. 아빠는 눈, 코, 입이 모두 큽니다. 그래서 얼굴도 큽니다.

엄마처럼 작지만 반짝이는 눈, 조그만 코, 조그만 입술을 닮으면 예쁠 텐데 아빠를 닮아서 사람들은 잘생겼다고 하지만 나는 귀엽다는 말을 듣고 싶습니다. 남자애처럼 잘 생겼다는 말이 듣기 싫습니다.

"엄마, 난 엄마를 닮아야 하는데 왜 아빠를 닮았어요?"

"아기를 가졌을 때 사랑하는 사람을 생각하면 그 아기가 그 사람을 닮는대."

"그럼 엄마가 아빠를 사랑해서 내가 아빠를 닮은 거예요?"

"아이고, 우리 민희 똑똑하구나."

"나는 엄마 뱃속에서 엄마를 만날 날을 기다리며 엄마를 생각했을 텐데 왜 안 닮았을까?"

"애들은 크면서 여러 번 변해. 엄마도 어렸을 때 사진과 많이 다르잖아."

엄마 말을 듣고 나도 크면 엄마를 꼭 닮겠다고 생각했습니다. 엄마 화장품도 쓰고 엄마가 좋아하는 옷도 같이 입으면 더 닮을 수 있을 겁니다.

내가 좋아하는 것 중에 하나는 엄마의 얼굴을 마사지 해주는 것입니다.

어린이집에서 기다리는 나를 보고 웃으며 안아주지만 엄마의 얼굴은 아침에 보는 엄마의 얼굴과 다릅니다. 분홍색으로 칠했던 입술도 다 지워지고 얼굴빛도 밝지 않습니다.

집에 들어오자 엄마를 침대에 누우라고 하고 엄마의 화장품을 가져왔습니다.

엄마가 하던 대로 솜에 묻혀 얼굴을 살살 문질러 조금 남은 화장품을 지운 후 따스한 물을 준비해 하얀 수건을 담갔습니다.

물기를 꼭 짜서 엄마의 얼굴에 대니 엄마가 기분이 좋다고 합니다.

"피부가 많이 상하셨네요. 계속 관리를 받으셔야겠어요."

"이렇게 친절하게 잘 해주시면 자주 올게요."

"제게는 일등 손님이십니다."

"고맙습니다. 좀 자도 될까요?"

"네, 다 되면 깨워 드릴 테니 푹 주무세요."

두어 번 수건을 적셔 씻어내고 크림을 손에 덜어 턱과 얼굴을 살살 마사지하는 사이에 엄마는 스르르 잠이 들었습니다.

다 끝나고 엄마는 눈을 떴지만 일어나지 않았습니다. 나도 엄마 곁에 누웠습니다. 엄마가 내 손을 잡고 놓아 주지 않았기 때문입니다.

"민희야, 엄마랑 밖에 나가면 싫지?"

"좋은데. 왜?"

"다른 친구 엄마들보다 나이가 많잖아."

"난 그래도 엄마가 좋아. 난 커서도 결혼 안 하고 엄마랑 살 거야."

"아빠처럼 잘생긴 남자 친구가 생겨도?"

"아니야, 약속!"

엄마의 손을 당겨 약속했지만 엄마는 웃기만 했습니다.

엄마와 달리 아빠는 나를 놀리는 것이 취미인가 봅니다.

아빠는 내 생일 날 리본이 달린 원피스를 사주면서 또 놀렸습니다.

"민희야, 생일 축하해! 이 원피스 맞을까? 우리 민희 이제 그만 먹고 살 좀 빼자~"

엄마가 아빠에게 살짝 눈을 흘기는 것을 보면 엄마도 나처럼 아빠의 말을 환영하지 않는 것이 분명합니다.

엄마와 친구 엄마들은 통통해서 귀엽다고 하는데 아빠만 살 빼라고 합니다.

내가 아기일 때 미숙아로 태어나서 좋은 분유를 먹였다고 하는데 너무 많이 먹었나 봅니다.

엄마 해주는 밥도 맛이 있어서 한 공기씩 먹으면 엄마는 예쁘다고 칭찬을 하면서도 더 주지는 않습니다.

나는 밥을 잘 안 먹는 친구들에 비해 엄마의 말을 잘 들어 키도 크고 살이 찌나 봅니다.

잘 시간이 됐는데 아빠는 들어오지 않습니다. 다른 날도 내가 잠들기 전에 들어오는 일이 많지 않지만 오늘은 더 늦는 것 같습니다.

엄마도 더는 기다리지 않고 주방과 거실에 불을 끄고 내 옆에 누웠습니다.

엄마는 며칠 전부터 안방에 가지 않고 내 침대에 와서 같이 눕습니다.

아빠가 초등학교 들어가서도 쓰라고 어른들도 누울 수 있는 넓은 침대를 사주셨기 때문에 엄마와 누워도 좁지 않습니다.

자다가 보면 엄마는 나가고 없지만 가끔은 내 옆에서 아침까지 있습니다.

나는 엄마와 같이 자는 것이 좋지만 아빠가 싫어할 것 같습니다.

한참을 자고 있다가 밖에서 들리는 소리에 잠이 깼습니다. 엄마 목소리는 들리지 않고 아빠 목소리만 크게 들립니다.

발음이 분명하지 않은 것을 보니 아마도 술을 마셨나 봅니다.

문을 열자 나는 큰소리를 지르며 주저앉아 울었습니다.

거실은 테이블과 소파가 어지럽게 흐트러져 있고 빨래 걸이가 부러져서 걸어놓았던 내 옷과 엄마 옷이 여기저기 뿌려져 있었습니다.

엄마는 눈을 크게 뜨고 무서워하고 있고, 아빠는 막 의자를 들고 엄마를 내리치려고 하고 있었습니다.

내가 태어나서 그렇게 무서운 장면은 처음 보았습니다.

텔레비전이나 영화에서 가끔 무서운 사고가 나는 것은 보았지만 실제로 일어난 일이 아니라기에 안심을 했는데 지금 내 눈앞에 벌어진 일은 정말 무서웠습니다.

가끔 아빠가 엄마에게 소리를 지르는 것은 들었지만 이런 모습은 처음입니다.

엄마도 무서웠는지 두 손으로 머리를 감싸고 있었습니다.

"아빠, 엄마한테 왜 그래!"

전에 엄마는 길을 잃어버리거나 나쁜 일이 생기면 신고하라고 전화 번호를 가르쳐 준 적이 있습니다.

아빠가 엄마를 때리는 것은 아주 나쁜 일이라 안방에 들어가서 화장대에 놓인 엄마의 핸드폰을 눌렀습니다.

울면서 급하게 찾으니 숫자 1 1 2가 잘 안 보였습니다.

"여보세요. 무슨 일이십니까?"

"우리 아빠가 엄마를 때려요. 빨리 와주세요."

"주소를 말해 주세요."

"행복동 금잔디 아파트 1404호요. 경찰 아저씨 빨리 와주세요."

거실로 다시 와보니 아빠가 씩씩대고 있고, 엄마는 어깨를 감싸며 울고 있었습니다. 머리를 치려던 의자는 빗나가 엄마의 오른쪽 어깨를 스치고 나가떨어졌습니다.

나는 아빠가 무서웠지만 엄마를 왜 때리느냐고 울면서 아빠를 주먹으로 마구 쳤습니다. 그런 나를 엄마가 떼어 놓으며 내 방으로 같이 갔습니다.

잠시 후에 누군가 와서 초인종을 눌렀습니다.

종이상자 리모컨

"누구십니까?"

"경찰입니다."

"왜 그러시죠?"

"아파트 주민이 누가 크게 싸운다고 신고가 들어와서요. 무슨
일 있으십니까?"

"아무 일도 없습니다."

"알겠습니다."

아빠의 말만 듣고 경찰은 그대로 가버렸습니다.

아빠 말만 믿고 들어와서 살피지도 않고 그냥 가버리다니.

신고는 내가 했는데 어떤 주민이라고 말하는 것을 보니 경찰도 거짓
말을 합니다.

엄마와 이불을 뒤집어쓰고 누워 있는데 핸드폰이 울렸습니다.

"아까 방문했던 경찰입니다. 괜찮으십니까?"

"네, 괜찮습니다."

"폭력사건이면 내일 아침에 오셔서 신고하세요."

"네, 고맙습니다."

엄마가 전화를 끊고 조용히 우는 소리를 들으며 나도 울다가 깜빡 잠이 들었는데 아침이 됐습니다.

어린이집에 갈 준비를 마치고 현관을 나설 때까지 안방에서는 아빠의 코 고는 소리만 크게 들렸습니다.

어제 아빠가 어지럽힌 거실은 아무도 치우지 않아 어젯밤 일어난 일을 그대로 보여 주고 있었습니다.

엄마는 내 손을 잡고 아무런 말없이 나왔습니다. 엄마의 눈은 퉁퉁 부어 화장으로도 가려지지 않았습니다.

어린이집에서 아이들과 노느라고 엄마 생각을 하지 않다가 엄마가 나를 데리러 올 때 갑자기 걱정이 되었습니다.

오늘도 아빠가 엄마를 때리면 내가 가만히 안 있을 겁니다.

집에 들어가니 거실은 깨끗이 치워져 있었고 아빠는 회사에 가지 않았는지 소파에 앉아 있었습니다.

아빠가 뭐라고 말을 걸려고 하니 엄마는 아빠의 눈도 마주치지 않고 그대로 방으로 들어갔습니다. 나도 아빠가 싫었지만 그래도 거실을 치워놓았기에 조금 덜 미웠습니다.

"엄마, 아빠가 어지럽힌 것 깨끗이 치워놓았네."

"그렇구나."

"그래도 아빠를 용서하지 않을 거야?"

"엄마가 아빠를 용서하려면 시간이 좀 필요해. 너도 친구와 싸우면 바로 말하지 않잖아."

"알았어. 나도 아빠가 미워."

"민희야, 어제 네가 신고한 거 아빠에게 말하면 안 된다. 경찰 아저씨도 아파트 주민이라고 했으니까. 엄마가 민희에게 정말 미안하다."

엄마가 내게 미안하다고 한 것은 거짓말을 하게 만들어서 그런 것 같습니다. 아빠는 내가 경찰 아저씨를 부른 것을 알면 큰소리로 야단을 칠 것입니다.

거짓말을 하는 것이 싫었지만 아빠도 술에 취해서 누가 신고를 했는지 잘 모르나 봅니다. 아빠가 다시 묻지도 않았으니까요.

아빠가 왜 엄마에게 그렇게 화를 내고, 큰소리를 치며 의자를 던졌는지 엄마는 말해 주지 않았습니다. 그렇지만 나는 짐작하고 있습니다.

아빠가 술에 취해 늦게 들어와서 엄마 이름을 부르면 엄마는 술 깬 다음에 이야기하자면서 뿌리 치곤했습니다.

아빠는 엄마와 이야기를 하고 싶어 했고 엄마는 아빠와 이야기 하는 것을 싫어했습니다. 엄마는 아빠를 싫어하나 봅니다.

나도 자꾸 나를 놀리고 욕을 하는 아이가 싫어서 그 아이와 말하고 싶지 않은데 엄마도 마찬가지일 겁니다.

애들과 싸울 때 주먹으로 때리거나 물건을 던지는 것은 나쁜 일입니다. 아빠가 엄마에게 빨래 걸이와 의자를 던진 것이 자꾸 생각납니다.

나는 종이상자로 다시 리모컨을 만들기 시작했습니다. 엄마 것에서 꽃잎을 떼어내고 바느질 그릇에서 큰 단추를 세 개 골랐습니다.

단추를 스카치테이프로 붙이고 엄마의 빨간 립스틱, 하얀 원피스, 가발, 눈썹 그리는 연필도 준비했습니다.

나는 아빠 옆에 리모컨을 놓고 방으로 숨었습니다. 아빠에게는 목소리만 들리도록 문을 살짝 열어 놓았습니다.

나는 아빠가 단추를 누르기 전에 준비를 합니다.

엄마의 하얀 원피스를 입고 머리에는 가발을 쓰고 입술은 빨갛게 칠한 다음, 눈은 크고 무섭게 그렸습니다.

거울에 비친 내 모습은 동화 속에 귀신처럼 무섭습니다.

"아빠, 종이 상자 단추를 누르세요!"

"이게 뭐야, 눌렀다."

아빠의 말이 끝나자마자 문을 열고 나갔습니다. 아빠는 멍한 표정으로 있다가 갑자기 마구 웃었습니다. 마침 방에서 나오던 엄마도 나를 보았습니다. 엄마도 같은 표정으로 바라보더니 조금 놀라면서 얼굴을 찡그렸습니다.

그 다음에 아빠를 향해서 귀신처럼 달려들어야 하는데 아빠가 웃는 바람에 멈추었습니다.

난 기분이 나빠졌습니다. 그 자리에 앉아서 울어버렸습니다.

엄마는 귀신같은 나를 안아주며 계속 달래었습니다.

아빠는 그 모습을 보며 더 크게 웃었습니다. 아빠는 무서운 귀신을 보고 왜 웃을까요? 내가 춤을 출 때 웃던 그 표정으로 아빠가 웃으니 눈물이 쏙 들어갔습니다.

엄마는 말없이 내 머리를 쓰다듬었습니다.

그 후로 아빠는 엄마에게 큰 소리를 지르거나 물건을 내던지지 않았습니다.

엄마는 아빠에게 밥도 해주지 않았습니다. 조금만 밥이 늦어도 재촉을 하던 아빠는 말도 붙이지 않았고 나를 보고 웃어 주지도 않았습니다.

엄마는 내가 조금 더 크면 엄마와 단둘이 살 거라고 말해 주었습니다. 그리고 나는 그때까지 종이상자 리모컨을 잘 가지고 있을 거라고 말했습니다. 나의 종이상자 리모컨은 아무 일도 없었다는 듯 거실 장식장 한가운데 놓여 있습니다.

현실적인 Anima

　남들과 어울리기 싫어하고 외로움이 뭐냐고 혼자 있기를 즐기는 주리는 주말만 되면 싱숭생숭하다.

　주말마다 어디로 갈까, 누구를 만날까 고민하며 이것저것 신경 쓰는 개인적인 만남도 끊어진 지 한참이다. 그래도 매일 빼놓지 않은 운동은 혼자 할 수 있는 수영이었다. 젊은 시절부터 20여 년을 계속해온 수영도 근처 수영장이 문을 닫는 바람에 이리저리 옮겨 다니다가 헬스로 바꾸고 다시 골프 연습을 혼자 하다가 그마저도 시들해졌다.

　그러다 요즘 누구나 최소 서너 개씩은 가입한다는 동호회를 찾기로 했다. 배드민턴, 탁구, 테니스, 골프 등 경쟁심을 유발하는 동호회보다 자유로운 주말여행동호회가 나을 것 같았다.

　동호회에서 본명을 쓸 수는 없는 노릇, 어떤 이름이 좋을까 생각하다가 책꽂이에서 '아니마(Anima)와 아니무스(Animus)'를 발견했다. 한때 사람과의 관계에서 어려움을 느끼다가 심리적으로 접근하면 관계 맺기가 더 수월해지지 않을까 해서 읽은 책이다.

'깊고 어두운 마음의 심층을 향하여'로 시작하는 내용은 '100여 페이지에 걸쳐서 '아니마와 아니무스란 무엇인가'를 알려 주고 있었지만 카를 구스타프 융이 말한 아니마 · 아니무스 이론은 간단하지 않아 보였다. '남성으로서 또는 여성으로서의 페르소나에 대응하는 무의식적 내적 인격'이라니 알 것 같으면서 모를 말이다.

간단히 말하면 아니마는 '남성의 무의식(심혼) 속에 존재하는 여성성'이고, 아니무스는 '여성의 무의식(심혼) 속에 존재하는 남성성이라고 할 수 있다. 여성인 주리가 아니무스가 아닌 아니마를 택한 이유가 있다.

아니마는 남성이 바라는 현실적인 여성이 아니라 무의식에 투사된 여성상이다. 생물학적인 여성상, 낭만적이고 지적인 여성상, 영적 헌신의 여성상, 순수한 지혜의 여성상 등 남성이 생각하는 여성성이 모두 담겨 있다고 본다면 주리에게는 아니마라는 이름이 적격이다.

분석심리학적인 아니마는 주리라는 이름을 내던지고 주말여행동호회 '마음 따라 바람 따라'에 가입을 했다.

마침 이번 토요일에 번개 모임이 잡혀 있다. 가입 인사를 마치고 번개 모임에 참석해도 되냐고 하니 대환영이라며 반긴다.

만득이라는 회원이 예산에 예쁜 집을 새로 지었다고 초대하는 자리다.

오전에 추돌사고가 났다는 소식에 조금 긴장하면서 홀로 달리는 서해안 고속도로, 몇 번째로 도착할까 어떤 사람들을 만날까 그려 보면서 혼자 달리는, 고독하지만 기대에 찬 아니마.

충청남도 예산이면 서울에서 그리 멀지 않지만 어떻게 혼자 갈 생각을 했는지 모르겠다. 겉으로 보기에는 털털한 것 같지만 은근히 낯을 가려 새로운 사람을 만나는 것과 낯선 곳을 꺼리는 사람인데 여행동호회라니 장족의 발전이다.

사실을 말하자면 주말마다 느끼는 외로움이 발길을 그리로 향하게 했다고 할 수 있다. 이미 젊음은 잡으려 해도 잡을 수 없는 나이인데 거울 앞에 다소곳이 앉은 국화 같은 누님이 되기를 거부하고 채워지지 않는 마음을 위로하고자 아직도 점잖지 않게 이리저리 기웃댄다.

누군가는 동호회를 기웃거리는 여자와 남자는 아무리 고상한 척해도 수준이 떨어진다고 말한다. 이런 사람들의 인식이 잘못되었음을 확인하겠다고 합리화하는 가벼운 아니마는 맞지도 않는 휘파람으로 노래를 부르며 기분이 좋아졌다.

현실적인 Anima

oooooooooooooooo Don't worry, be happy.

In every life we have some trouble

But when you worry

you make it double

Don't worry, be happy.

Don't worry, be happy now.

인터넷에서 출력한 지도를 옆에 두니 마음이 놓인다. 이 시대에 내비게이션이라 불리는 장치가 없는 것도 특이한데 종이 지도라니 모자란 티를 낸다.

엉뚱한 길을 또 갔다가 다시 돌아오기를 반복한 끝에 예당저수지를 발견했다. 저수지를 왼쪽으로 두고 달렸더니 아닌 것 같아 다시 오른쪽으로 두고 달리다 보니 제대로 온 것 같다.

예당저수지는 호수인지 강인지, 바다라 해도 믿을 만큼 넓다.

멀리 푸른 함석지붕 사이로 난 오솔길로 올라가 다다른 언덕 위를 내려가 편하게 안겨 있는 동화 같은 집.

걸음마다 놓인 통나무 베어 만든 징검다리, 결이 살아있는 나무 의자와 탁자, 울타리, 난간들, 산속 시원한 물이 퐁퐁 솟아나는 작은 연못. 원색 파라솔이 낭만적인 작은 집에서 앞치마 두른, 미소가 아름다운 아가씨가 반겨 줄 것만 같은데 무릎 나온 회색 운동복 차림의 남자가 반겨 주었다. 얼굴은 부잣집 막내아들처럼 생겼는데 꾸미지 않은 차림새가 털털하여 주인인가 머슴인가 분간을 못 할 정도이다. 잘생긴 사람은 그런 반전이 있어야 더 매력적이다.

미처 준비하지 못한 물건이 있다고 장을 봐야 한다기에 같이 가서 장을 보고 오니 몇몇 사람들이 와서 이야기를 나누고 있었다.

처음 온 신입이라 하니 옆에 와서 이것저것 묻는다.

"아니마님은 어떻게 이 모임에 오게 됐어요?"

"주말마다 심심하기도 하고 혼자 여행하는 것보다 여럿이 하는 게 나을 것 같아서요."

"잘 오셨어요. 마침 번개팅이라 더 잘 됐지요."

"네, 환영해 주셔서 고맙습니다. 다들 인상이 좋으시네요."

"우리 회원은 다 성격이 좋아요. 특히 여기 자겁이는…… 하하하."

사람들이 자겁이라고 부르는 남자는 건장한 체격에 잇몸이 드러나게 웃으며 아니마를 그윽한 눈빛으로 바라보고 있었다. 첫 소개를 하니까 이때다 싶은지 옆에 바짝 다가앉으며 관심을 보인다. 수다스러울 것처럼 보이는 돌출된 입과 가늘지만 날카로운 눈, 까무잡잡한 피부가 잘 어우러져 거친 남성성이 두드러져 보였다. 그리고 그가 지닌 알 수 없는 자신감이 결코 잘 생겼다고 할 수 없는 그의 얼굴을 가려 주기도 했다.

그때 아니마는 자기의 남자라고 생각했던 T가 미국으로 떠난 직후라 외로움에서 미처 벗어나지 못한 형편이었다. 그래서인지 연민을 자아내는 애틋한 표정과 함께 새로운 환경을 접하는 호기심 어린 눈빛을 가지고 있었기에 충분히 매력적이었다. 게다가 단기간에 체중감량의 효과가 크다는 덴마크 식이요법으로 7kg 이상을 감량하여 보기 좋은 몸매를 유지하고 있었기 때문에 좋은 인상을 주는 것은 당연했다.

특히 아니마는 자신에게 눈을 떼지 않는 자접이의 시선을 느끼고 있었다. 여자 신입이 오면 바짝 달라붙어 이말 저말 되지도 않는 말로 어색함을 풀어주는 의무 아닌 의무를 가진 자접은 누가 뭐라고 하든 끄떡도 하지 않고 3명의 신입 여자 회원들에게 거리낌 없이 접근했지만 유독 아니마에게 특별한 관심을 보였다.

"아니마님, 처음 보았을 때부터 마음에 딱 들었어요."

"고마워요. 이렇게 환영을 해주셔서."

"그냥 환영이 아니라니까요. 내 타입이에요."

"하하하, 신입 여자들 오면 다 그런다고 들었어요."

"아니요. 당신은 특별해요. 내 스타일이에요."

처음 보는 사람에게 말하는 내용이 수위가 높은데도 이상하게 싫지가 않고 호기심이 생긴다.

"그런데 아니마란 이름은 '아, 님아!'란 뜻인가요?"

"그렇게 들으셔도 되는데, 남성의 여성성, 남성의 심혼 등의 뜻이에요. 남성이 여성을 볼 때 무의식적으로 생각하는 여성상이라고 할 수 있죠."

"하, 어렵네요! 그냥 '아, 님아!'라고 생각할래요."

"편하실 대로."

"난 싱글이에요. 님은? 남편 있겠죠?"

"아, 뭐……"

말끝을 흐리고 얼버무렸다. 얼마 전에 이혼했다고 할 수는 없었다.

"난 이혼한 거나 마찬가지예요. 따로 나와서 어머니와 살아요. 난 힘이 넘치는데 그 사람은 몸이 약해서 응하지 못해요. 그래서 나 보고 다른 여자 만나도 된다고, 애들 양육비만 주면 된다고 해서 떨어져 살아요."

처음 본 사람에게 별 얘기를 다 한다.

"야, 그만해라! 아니마님 놀라겠다. 얘가 원래 이래요. 한 귀로 듣고 흘리세요."

옆에 있던 만득이가 나선다.

"부담스러워요? 사실인데……"

"하하하, 괜찮아요. 솔직하시네요. 누구에게나 다 이러세요?"

"신입 오면 사명감 같은 건 있어요. 처음 오는 사람이 어색해 할까 봐, 잘 어울리게 해야죠."

"덕분에 빨리 어울렸어요. 전혀 소외감 느끼지 않고."

"아니마님, 성격이 좋은 것 같아요. 누구나 이렇게 받아 주지 않거든요."

"좋긴요. 상대적인 거죠."

불빛이 없는 산자락이라 별빛이 무차별로 쏟아지고 모닥불에는 군고구마와 군밤이 타닥타닥 소리를 내며 이어가고 있었다. 사람들의 말소리도 누군가 부르는 노랫소리에 묻히다가 합창이 되고 만다.

"자, 피곤한 분은 들어가 주무세요. 여자들은 안채에 방 있으니 그리로 가고, 남자들은 뭘 자냐? 피곤하면 별채로 가고, 잠 못 이루는 청춘들은 이 밤이 새도록 놀아 보자고요!"

집주인인 만득이가 정리를 하니 하나둘씩 잠자리를 찾아 자리를 뜬다. 아니마도 자리에서 일어나는데 자겁이 눈을 크게 뜨며 말린다.

"1박 2일에 잘 거예요? 시간이 아까운데 더 얘기해요."

하긴 1박이 아니라 무박이 좋다. 대화를 나누고 싶어서라기보다 객지에 나와서 잠을 자는 것이 불편해서이다. 대학 시절에도 친구들과 거제도로 여행을 갔을 때 혼자 불침번을 서다가 새벽에 겨우 잠이 들었었다. 오늘은 혼자가 아니라 자겁이를 비롯해 대여섯 명이 모여 앉아 만득이가 꺼질 만하면 살려 놓는 모닥불을 가운데 놓고 새벽을 맞이한다.

날이 밝자 느지막이 일어난 사람들과 아침 겸 점심을 먹으러 예당저수지에서 유명하다는 어죽식당으로 갔다. 마침 방송국에서 예산 특색 음식으로 어죽을 택하여 취재를 와 있었다. 모두 맛있게 먹는 모습을 찍고 잘생긴 만득이는 인터뷰까지 하였다.

"예당의 특산물, 어죽! 일단 맛을 보세요. 살살 넘어갑니다요."

마지막에 너스레를 떨며 엄지를 척 들어 올렸다. 잘생긴 것이 말도 맛깔나게 한다. 만득이보다 말 잘하는 자겁이는 외모에서 밀려 선택받지 못한 것 같다. 오나가나 잘생기고 볼 일이다. 아니마는 자겁이가 갑자기 불쌍해 보인다.

점심을 먹고 인사를 나누며 각자의 길로 헤어져 떠나려는데 자겁이 갑자기 호주머니를 뒤적거린다. 뭔가를 찾는 것 같다.

"어, 내 핸드폰이 어디 갔지?"

"잘 찾아봐요. 차에 두었나."

"핸드폰 좀 빌려줘요. 전화 한 통 하게."

그는 아니마 전화에 그의 번호를 찍어 건네줬다. 그리고 뒷주머니에서 자기 핸드폰을 꺼내 보이더니 잇몸을 드러내며 씩 웃는 것이다. 구식이었지만 더 구식인 아니마가 제대로 걸려들었다.

집으로 돌아와 아니마는 여행 카페에 모임 후기를 올렸다.

오전에 추돌사고가 났다는 소식에
조금 긴장하면서 나 홀로 달리는 서해안 고속도로.
내가 몇 번째로 도착할까? 어떤 사람들일까?
아니마 혼자 고독한 레이스……
멀리 푸른 함석지붕 사이로 난 오솔길로 올라가
다다른 "만득이 하우스"
앞치마 두른, 미소가 아름다운 아가씨가
반겨 줄 것만 같은, 원색 파라솔이 낭만적인 작은 집인데
무릎 나온 회색 운동복 차림의 만득이가 반겨 주네.
귀한 댁 귀염둥이로 자란 것 같은 모습인데 만득이라?
소외감 느끼지 않게 역사적 사명을 띠고 유난히 반기던 자겹님,
아는 것도 많고 말할 것도 많은 님 덕에
한시도 웃지 않고는 견딜 수 없었다오.
"이제는 우리가 헤어져야 할 시간, 다음에 또 만나요."
여러 님들 덕분에 신입 아니마의 첫 모임 즐거웠다오.

예민한 주리가 사는 법

오랜 운전으로 피곤하여 밤 10시쯤 자리에 누우려는데 핸드폰이 울린다. '아니마의 자겁' 그가 핸드폰을 빌려갔을 때 저장해 놓은 이름이다.

"웬일이에요? 이 밤중에."

"잘 갔어요? 먼길 다녀가느라 피곤했지요?"

"욕쟁이님이 화성까지 동승해 줘서 지루하지 않았어요."

"그 형님 참, 자기 차는 놔두고. 내가 같이 갔어야 했는데……"

"하하하."

"그 형님 조심해요."

"재미있던데요. 욕을 입에 달고 다녀서 그렇지."

"정말 조심하라니까요!"

"하하하, 알았어요."

"내가 신입에게 사명감으로 친절하게 하는 거랑 아니마님에게 한 거랑은 달라요."

"에이, 다들 그러던데요. 자겁이 또 시작이라고."

"이름이 자겁이라고 누구에게나 작업 거는 거 아닙니다."

"그럼 지금 내게 작업이라는 거를?"

"그렇습니다. 제대로 작업 좀 걸어 보려고요."

"난 그럴 마음이 없어요. 개인적으로 만나는 것 싫어해요."

"나한테 안 넘어오는 여자 없어요."

"그 자신감은 어디서 오는 거죠? 세파에 시달린 얼굴? 빵빵한
뒤태?"

"일단 한 번 만나보시라니까요. 아마 헤어날 수 없을 거예요."

"아무리 그래도 난 안 넘어가요."

"그렇다면 내게 기회를 주세요. 앞으로 한 달 동안 아니마님에
게 전화만 할게요. 그래도 싫다면 말없이 물러날게요."

자겁은 말대로 밤 10시만 되면 어김없이 전화를 걸었다. 처음에는
이 남자가 왜 이러나 하다가 10시 전에 자던 습관도 그와 통화를 한 후
로 미루어졌다.

자겁은 남들 앞에서는 누나, 누나 하지만 은근히 '이 여자는 내 거야,
건드리지 마!' 하는 분위기로 몰아가는 것 같았다. 가끔 "넌 내 여자니
까~"하고 노래도 불렀다. 그런 분위기에 사람들도 하나둘씩 동조했
다. 정기여행 때도 수군거렸다.

"자겁이가 이번에는 좀 다른 것 같아." "맞아, 아니마님 대하
는 것이 전에 신입 대하던 때와는 달라도 너무 달라."

아니마 처음 맞는 정기여행

며칠 전부터 마음 준비 단단히 하고,

나만 잘살면 무슨 재민겨

가족들 일용할 양식 이것저것 챙겨 놓고

여기는 디새골,

웰빙, 황토방, 통나무, 유기농, 무방부제, 친환경

반갑게 맞아 주는 다시 보는 자겁이

소담스런 눈 사이로 그윽한 눈빛이

심상치 않은 앞날을 예고해,

아! 自性의 亂이여!

달콤한 포도주, 쩝 입맛 다실 때

속속 도착하는 마음, 바람 따라 님들,

처음 보니 새롭고, 다시 보니 반갑구나.

다음 날은 정조와 사도세자 묻혔다는 융건릉이라.

날은 청명한데 낙엽은 바람에 흩날리고,

슬프디슬픈 父子의 옛일에 마음도 흔들리고

정사, 야사 구별 없이 쏟아지는 자겁이 입담,

거침없고 막힘이 없는 역사에 대한 해박한 지식에

자겁이 잠시 사학자가 된 착각에 빠졌다오.

꽉 끼는 청바지의 뒤태에 자부심을 느끼며 종횡무진,

이리 갔다 저리 갔다, 우리 눈도 이리 갔다 저리 갔다

낙엽이 발밑에서 뭐라고 말을 건네면

다음에 이 숲으로 다시 오마 약속하는데

얼큰한 순두부 나눠 먹고 다음 만남을 약속하며

혼자서, 둘이서, 셋이서 오던 길 가는 우리 님들,

너나 할 것 없이 자연스레 어울리는 모습에서

돌아오는 나를 비춰 보네.

그날 오매불망 아니마를 기다리던 자겹이는 우중에 먼길 달려온 아니마를 위해 우산을 들고 주차장으로 마중을 나왔다.

식사할 때나 여흥을 즐길 때나 아니마 곁을 떠나지 않고 주절주절 자신의 얘기와 동호회 이야기를 해주었다. 자겹이뿐 아니라 모두가 아니마를 특별 대우했기에 기분이 좋았다.

자겹이는 아니마의 여행 후기를 읽고 10시까지 기다리지 않았다.

아니마가 저녁을 먹고 쉬고 있는데 전화가 왔다.

"웬일이에요. 아직 10시 안 됐는데."

"아니마, 나 너무너무 감동이에요!"

"왜요?"

"후기를 어쩜 그렇게 잘 썼어요?"

"에이, 그냥 가볍게 쓴 거예요. 어땠어요?"

"이건 노벨상감이에요. 세종대왕이 하늘에서 눈물을 흘리셨을 거예요. '관동별곡'보다 '열하일기'보다 더 뛰어난 작품이에요!"

바로 앞에 있었다면 열변을 토하는 그의 침이 여기까지 튀었을 것이다. 아니마는 솔직하게 추호의 가감도 없이 본 대로 느낀 대로 썼을 뿐인데 본의 아니게 자겹이를 주인공으로 만들었으니 얼마나 고마웠을까.

열 번 찍어 안 넘어가는 나무 없고, 지성이면 감천이라더니 아니마는 그의 재미있는 화술에 넘어가고 말았다. '여자가 말하는 Yes와 No 사이에 닫혀 있는 문은 없다.'고 스페인의 작가 세르반테스가 말했다.

아니마의 마음은 '사양합니다'로 시작했는데 몰아치는 바람에 '사랑합니다'를 준비하고 있었다.

여자가 자기를 좋아하는 남자에게 마음을 열게 만드는 것은 용모도 아니고 돈도 아니다. 자겁이의 돌출된 입에서 나오는 감동이었다는 몇 마디와 내게는 누구보다 당신이 아름답다는 말 몇 마디를 반복해서 듣다 보니 아니마는 이 세상에서 제일 아름답고 귀한 여자가 되어 있었다. 그가 내뱉는 찬사의 말이 과장이 심해서 웃음이 나기도 하고 그 진의를 의심하게도 했지만 유머러스하게 당기는 맛에 아니마는 자겁이에게 가까이 가고 있었다.

자겁이는 대학교 다닐 때, 다른 남자보다 용모가 뒤떨어져서 미팅 때마다 괄시를 당한 나머지 같은 처지에 있는 친구와 술을 마시며 한탄했다고 한다. 그날 이후 의기투합하여 도서관에 파묻혀서 '여자의 마음을 아는 법', '여자가 좋아하는 남자의 행동', '여자는 유머 있는 남자를 좋아한다' 이런 종류의 책을 탐독한 결과 어떻게 콧대 높은 여자의 마음을 사로잡을 수 있는지 터득했다고 한다. 열독을 하고 거리로 나가 실습을 한 적이 있다는데 용모를 보고 식겁해서 뒤로 물러나는 여자들이 대부분이었다. 방법을 바꾸어 동아리에 들어가서 조금 안면을 튼 후에 적용을 하니 성공률이 점점 올라갔다는 것이다. 이후에 자신이 공략해서 반응을 보인 여자들은 아무나 접근하지 못하는 품격있고 고매한 성품의 여자들이 대부분이라나. 아니마는 그간의 사례를 모아 '못생긴 남자가 연애에 성공하는 법'이라고 제목을 붙여 책을 한 권 출간하는 것이 어떻겠느냐고 제안하였다.

그는 아마도 다음 두 가지 명언 중에서 최소한 하나는 익히 알고 있을 것이다.

'여자들은 보기에 따라서 정숙할지라도, 대체로 저 아몬의 샘과 같다. 낮에는 차고 밤에는 뜨겁게 끓는다.'고 프랑스의 교육학자인 아드리안 듀비가 점잖게 말했다.

'아무리 정숙한 여자라도 무엇인가 결코 정숙하지 않은 것을 자기 속에 가지고 있다.'고 프랑스의 사상가 디드로가 심오하게 표현했다.

주말여행동호회에 가입한 지도, 그와 아니마가 연인이 된 지도 8개월이 지났다.

오늘은 서해안 신두리에 가는 날이다. 아니마는 차를 청주 터미널 공영주차장에 세워 두고 그의 차에 동승하여 신두리로 출발했다. 같은 지역에 사는 몇몇 회원과 동승을 해야 하지만 자겁이가 개별 출발

한다고 선수를 쳤기 때문에 둘만 오붓이 갈 수 있었다. 남들이 눈치 못 채게 조심하고 있지만 알아도 대수랴. 나이 차이가 어마어마한 띠동갑 아닌가. 이성으로 서로 호감을 가진다 해도 믿을 사람이 없을 것 같다. 남들이 보면 '선생님과 제자', '이모와 조카' 사이라고 할까. '미녀와 야수'라고 해도 어울린다.

아니마는 간단한 간식과 음료수를 준비했고 그는 지루하지 않은 입담과 신나는 음악을 마련했다. 그의 쏟아지는 입담과 끊임없이 이어지는 노래에 시간 가는 줄도 몰랐다. 그의 주요 관심 분야는 우리 역사다. 정사, 야사 두루 꿰고 있는데 아니마가 역사 시간에 배운 정사보다 야사 쪽으로 아는 것이 더 많았다. 생업만 아니라면 역사 해설가로 나서도 좋을 것 같다. 설민석을 꿈꾸고 있을지도 모른다.

조금 시간이 남아 한 군데 더 돌고 가니 둘을 살피며 의심의 눈초리를 보내는 사람도 있다.

"또 같이 왔네. 둘이 사귀는 거 아니야?"

"에이, 누나가 여기 잘 모르잖아. 그래서 같이 왔지."

자겹이가 넉살 좋게 둘러대었다.

오늘도 몇몇 새로운 얼굴들이 눈에 뜨였다. 주로 여자들이었는데 그 중 한 여자는 옅은 색 청치마를 짧게 입고 가슴이 깊게 파인 분홍 체크

남방을 입고 있었다. 단추를 한 개 더 잠그면 안전하건만 움직일 때마다 위태위태하게 속살이 보일락 말락 숨바꼭질하고 있다. 30대 중반의 나이인데 머리를 양 갈래로 묶고 작은 리본까지 장식해서 언뜻 보면 20대 후반으로도 보인다. 언행 역시 발랄하여 뭇 남성들의 시선을 끄는 중이다. 역시나 그녀를 보는 자겁이의 눈이 빛났다. 늦게까지 여흥을 즐기고 남녀별로 정해진 숙소로 가려고 하는데 자겁이 보이지 않는다. 아니마가 매의 눈으로 여자 쪽을 살피니 양갈래도 보이지 않는다.

우연의 일치겠지. 다소 불길한 예감으로 잠자리에 들었다가 잠깐 눈을 붙이고 일어나 보니 몇몇은 코를 골며 자고 있고 몇몇은 나가고 없다.

밖으로 나가니 채 밝지 않은 해안에 해무가 자욱하여 운치를 자아낸다. 멀리서 움직이는 몇 사람이 있어 한 쌍은 다시 해무 속으로 사라지고 한 쌍은 이리로 오고 있다. 자겁이와 양갈래다.

"어, 누나 일어났네." 그래 방해가 됐나?

"인니, 새벽 공기가 너무 좋죠?" 초면에 언니 소리를 잘도 한다.

"그러네. 둘이 나왔어?" 속 보인다.

"여럿이 나왔는데 다들 저쪽으로 갔어." 그럴 테지.

"언니는 하도 곤하게 자기에 깨우지 않았어요." 그래야겠지.

"언니, 우리 사진 찍자! 이리 오세요."

귀염성 있는 것이 붙임성도 좋다. 둘이 무척 잘 어울린다.

자겹이는 모란꽃 같은 아니마와 있을 때보다 작고 귀여운 꽃잔디를 닮은 양갈래와 더 어울린다.

일정을 마치고 돌아오는 길에 아니마는 청주에 사는 다른 회원 차에 타고, 자겹이는 미니스커트를 입은 양갈래와 함께 떠났다. 자겹이와 아니마는 여행 일정 후에는 늘 둘만 오붓한 시간을 보내는 불문율이 있었건만 오늘은 동상이몽(同床異夢)이라 이심전심(以心傳心)으로 헤어짐을 준비하고 있었다. 아니마는 눈치를 보는 자겹이가 안쓰러워 신입 여자를 보호해야 하는 위대한 사명감을 띤 자겹이를 모른 척해 주었다.

그래도 궁금한 아니마는 서울로 오는 길에 휴게소에 들러 전화를 했다.

"어, 누나!" 누나라는 말은 둘이 통화할 때는 쓰지 않는 호칭
이다.

"도착하지 않았어?"

도착하고도 남을 시간이다.

"어, 다 와가. 누나는?"

"거의 왔어. 넌 벌써 도착한 줄 알았지."

"어, 어디 들렀다 가느라고."

"어디……알았어. 조심해서 가."

양갈래와 어디에 들렀다 가는 것일까.

"어, 누나도. 도착하면 전화해."

그 여자가 옆에 있나 보다. 이렇게 속전속결로 통화가 끝나는 것은 드문 일이다. 저녁에 꼭 전화할 테니 기다려라.

10시만 되면 전화를 걸어 10번 찍기도 전에 넘어갔다. 못생긴 얼굴은 진심을 다하는 모습에 가려 큰 문제가 되지 않았다. 어찌 보면 속이 뻔히 보이는 언행이라 생각하면서도 그 순간만은 진심으로 느껴졌다. 그도 얼마 만에 넘어 오는가 계산하고 기대했겠지만 아니마도 어느 정도 버티다 넘어갈까 속셈을 하고 있었다. 사람이 인연을 맺는다는 것은 시간과는 관련이 없어 보인다. 첫눈에 반하고, 첫 마디에 넘어가는 일이 생기는 예가 흔하기 때문이다. 그것은 얼마나 갈지 계산하지 않은 채로 진행이 된다. 아니마에게 그랬던 것처럼 양갈래에게도 첫눈에 반했을 것이다.

오스카 와일드가 말했다. '남자란 한 번 여자를 사랑하게 되면 그 여자를 위해서라면 무엇이든지 한다. 단 한 가지 해주지 않는 것은, 언제까지나 사랑해 주지 않는다는 것이다.'

8개월 만에 관계 청산의 조짐이 왔다. 이 정도로 하고 끝내자는 신호가 오고 있다.

아니마는 집에 도착해서 10시를 기다리지 않고 먼저 전화를 걸었다. 양갈래와 함께 있을지도 모를 시간이지만 신경 쓰지 않았다.

"집이야?"

"어, 누나."

"아직 밖이구나."

"어, 누나."

"나 이제 너 그만 만날래."

"무슨 말이야?"

"이제 만날 필요가 없는 것 같아."

"갑작스런 일이라서……나중에 다시 전화할게."

지금이든 나중이든 결과는 같다. 아니마 마음은 확고하다.

밤 11시가 조금 넘어 전화가 왔다.

"미안해."

"뭐가 미안한데? 미안한 짓을 했나 보네."

"우리가 만난 지 1년 조금 안 됐지?"

"그런 거 계산해 뭐해. 중요한 건 우리가 계속 만날 수 없다는 거야."

"사실 요즘 일하다가 손도 다치고 내가 정신이 어디 나가 있는 것 같았어."

"그러시겠지."

"컴퓨터에 바탕 화면을 자기로 깔아 놓고 싶어도 누가 볼까 봐 못 하고 폴더에 저장해서 보는 거 알아?"

"무슨 말이 하고 싶은데?"

"그만큼 내가 자기에게 빠져 있어 내 일을 못 한다는 거야."

"잘됐네. 그러니까 그만 만나야지. 첫 모임 때 네가 유난히 호의를 베풀고 나이에 구애받지 않고 자꾸 사귀자고 해서 응했는데 너를 사이에 두고 다른 여자와 경쟁하고 싶지 않아. 네가 그럴 만한 가치가 있나 의문이고 자존심이 상해."

"그런 거 아니야. 사실 요즘 여러 가지로 신경 쓰이는 일이 많아서 자기를 감당하지 못할 것 같아 어떻게 말할까 고민하고 있었어. 먼저 말해 줘서 고마워."

"그건 금시초문이네. 미리 말해 주지 그랬어."

체면이 서지 않는 말투이긴 했지만 마침 기다렸다는 듯이 이별을 고민하고 있었다는 그의 말에 서운하기보다는 미안함이 덜해서 고마웠다. 아니마가 적지 않은 나이에 연적을 만들어 경쟁할 처지가 아니란 이유로 이별을 고했는데 아니마 입에서 먼저 그만두자는 말이 나오기를 바랐다니 처음 만날 때 못지않은 천생연분이다.

그러고도 아니마는 두어 번 그 여행 모임에 나갔었다. 그리고 얼마 지나 그에게 전화가 왔다.

"잘 지냈어?"

"그럼 잘 지냈지. 왜?"

"왜 이렇게 쌀쌀해. 난 잘 못 지냈는데."

"하하, 못 지낼 이유가 뭐래? 예쁜 여자도 줄줄이 따르는데."

"아이, 그게 아니라니까."

"아이, 그게 아니어도 됐어요."

"이렇게 헤어져서 섭섭해. 자기랑 함께한 시간들이 주마등처럼 스쳐가면서……"

"에구, 그러셨어요?"

"비꼬지 마, 진짜야. 이렇게 그냥 헤어지긴 아쉬워. 우리 이별
여행 가는 게 어때?"

"있을 때 잘하지, 무슨 이별여행이야."

"이별여행 한 번만 다녀오면 아픔이 덜할 것 같아. 자기에게
너무 미안해서."

"다른 여자와 이별할 때 가."

"아이, 그게 아니라니까."

"아무래도 상관없어, 이제는."

"여행 다녀오자. 내가 다 준비할게. 그냥 와."

모질지 못한 성격에 또 넘어갔다.

이별 여행지로 신두리에 가기로 한 날, 아니마가 신은 구두가 불편
해 보였는지 운동화를 사주겠다고 매장으로 데리고 갔다. 마음에 드
는 운동화를 고르라고 하는데 이름값을 하느라고 거의 10만 원이 넘는
것들이었다. 특히 마음에 든, 연보라 테두리의 하얀 운동화는 20만 원
이 넘었다. 고가라 미안하긴 했지만 이왕 사는 것 마음에 드는 것으로
하자고 그에게 이별의 대가를 치르게 했다. 카드를 꺼내 3개월 할부로

해달라는 그의 얼굴이 어쩐지 쓸쓸하게 보인다. 이별이 아쉬운지, 쓴 돈이 아쉬운지 아니마로서는 알 수 없다. 신발을 사주면 그것 신고 도망간다는 속설도 아는지 모르는지…….

운동화를 얻어 신었지만 멀리 가지 못한 아니마는 여전히 자겹이의 전화를 받는다.

"다른 여자 얘기를 길게 하는 이유가 뭐야?"

"누구를 만나도 뭔가 허전해. 자기 같은 사람은 없어."

"왜 그래? 나 싫어서 간 사람이."

"정말 그게 아니라니까."

"아니라도 상관없어. 나도 너도, 예전의 우리가 아니니까."

"내가 다른 여자 다 청산하고 오로지 자기만 바라보면 안 될까? 자기와 찍은 사진을 보면 눈물이 나와."

아니마는 이제 아무 관계도 없는 그의 마음에 대해 알 필요도 없고 알고 싶지도 않다. 온전한 내 것이 아닌 것에 욕심을 내지 않고 나를 떠난 사람에 대해 미련을 가지지 않는 것이 아니마다. 다시 돌아온다고 해도 그는 변함이 없다고 생각하기에 다시 옛날을 돌이키고 싶지 않다. 그렇지만 가끔 생각한다. 말년에 여러 사람 돌아 돌아온 그를 다시 만나 서로 의지하고 친구처럼 여생을 함께 하면 어떨까.

그가 며칠 전 밤 9시가 다 되어 전화를 했다.

"서울에서 행사를 치렀는데 내일 떠나. 오늘 밤 좀 볼까?"

"지금?"

"응, 안 돼?"

"그 버릇 또 나오네."

"왜 안 돼?"

"도대체 몇 번을 말해야 알아들어? 갑자기 나오라면 아무 옷이나 걸쳐 입고 슬리퍼 신고 나가면 되는 줄 알아?"

"뭔 준비가 필요해? 자기는 자다가 그대로 나와도 예뻐."

"꼭 준비가 필요해서가 아니고 갑자기 호출하면 못 나간다고."

"그럼 30분 있다 나와. 내가 그쪽으로 갈게."

"안 돼. 오지 마. 와도 안 나갈 거니까."

"에이, 그럼 얘기나 하자. 요즘 어떻게 지냈어?"

"글도 쓰고 애들이랑 맛있는 것도 먹고. 너는?"

"나 전에 그 오피스텔에서 가끔 파티 열고 여행도 하고 지냈지."

예민한 주리가 사는 법

"아, 역사여행 모임 사람들과."

"응, 자기도 가끔 나와 봐."

"난 역사와 여행 다 재미없어."

"내가 재미있게 만들어 줄게."

"사실 역사보다 만나서 먹고 마시는 모임 아니야?"

"그래도 명목상 역사와 여행 모임이야."

"이름만. 근데 그 오피스텔은 안 써도 월세 그냥 나가겠네."

"서울에 올 때만 한 달에 2주일 정도 써도 다 내니까."

"아깝다. 난 오피스텔 팔고 아파트 대출금 갚았어."

"……."

"모자란 것은 언니 돈 조금 빌려서 다 갚았어."

"자기야, 돈 얘기하지 마. 자기가 대출금이 어떻고 하니까 이상해."

"이상하다니, 돈 얘기하면 이상한 거야?"

"자기는 돈이니, 대출금이니, 아파트니, 이런 말 안 했으면 좋겠어."

"일상적인 말 하는 거야. 오피스텔 팔았다고. 대출금 갚았다고."

"자기는 문학 얘기나 하고 아름다운 말만 했으면 좋겠어."

"꿈 깨. 너랑 나는 안 맞아."

"그런 말 하지 마."

"좋아한다며, 좋아하는 사람이 하는 얘기 뭐든지 못 들어줘?"

"돈 얘기는 하지 말라고."

"내가 너한테 돈을 달랬냐? 대출금을 갚아 달랬냐? 왜 예민하게 굴어?"

"나 정치하는 형 때문에 집안 돈 내 돈 다 갖다 바쳤잖아. 그래서 돈 얘기하면 신물이 나."

"알았다. 가깝다고 생각해서 허물없이 얘기했는데 그만하자. 우린 안 맞아."

"그러지 마."

"돈 얘기 터놓고 못 할 정도의 사이라면 친구도 아니고 좋아한다고 말할 수 없어."

"난 남녀 사이에 돈 얘기하면 그거로 끝이야. 사랑하는 사람이라도 돈이 개입되면 사이가 멀어져."

"내가 너한테…… 그만하자. 끊자."

정말 돈을 달라고 했으면 억울하지나 않겠다. 아무리 궁해도 남에게 돈 빌려 달라는 말은 절대 안 하겠지만 누구에게도 하기 힘든 말을 사랑하는 사람에게 하지 못하면 누구에게 한단 말인가. 하기 힘든 말을 사랑하는 사람에게 하지 않는 것이 진정한 사랑인가.

'과거의 남자'들을 좋아하고 사랑해서 돈을 빌려줬는지, 그냥 줬는지 기억이 나지 않지만 돌려받지 못한 것은 확실하다. 사랑한다면서 은근슬쩍 돈 얘기를 하는 남자를 경계하라는 말을 수없이 들었지만 알면서도 기꺼이 지갑을 열었다. 역설적으로 아니마는 지갑을 열게 한 남자들보다 고단수가 아닐까. 그래도 울화병이 생기지 않은 아니마로서는 아무리 좋은 사이라도 돈이 개입하면 안 된다는 이해타산적 논리를 가진 그를 도저히 이해할 수 없다.

아니마에게서 일상적인 말이 나오면 경기를 일으키는 자겁이, 낭만으로 포장한 사랑을 즐기는 자겁이는 이제 아니마의 인명사전에서 지워야 할 것 같다.

감상적 동요에서 시작해 격렬한 열정, 환희를 맛보고 음울한 예감을 거쳐 비합리적인 충동으로 이별을 택한 아니마는 지극히 현실적이기 때문이다.

호박꽃 봉미

"주말에 시간 있니?"

봉미는 아침 출근길에 손 여사가 던진 한마디에 마음이 무겁다. 매일 선 보라는 성화를 견디지 못하겠다. 아직 30살도 안 되었는데 엄마는 그 나이 되도록 번듯한 남자 친구도 없고 퇴근 시간이면 어김없이 5시 전에 집으로 들어오는 딸이 걱정덩어리인가 보다. 학창시절을 큰 말썽 없이 잘 보내다가 사범대학 졸업 후 임용고시를 보고 교사로 발령 받아 잘 다니고 있겠다, 월급 타서 꼬박꼬박 엄마에게 갖다 바치니 그런 효녀가 없을 텐데 왜 결혼을 시키려고 하는지 이해를 못하겠다. 남이 뭐라고 하든지 하고 싶은 대로 하는 고집이 있는 봉미와는 달리 얌전하고 순종적인 두 언니는 직장에 다니면서 만난 결혼할 남자 친구도 있는데 비해 성격이 괄괄하고 여성스럽지 못해서 남자도 안 따른다고 다소 여성스러워지기를 바란다. 얼굴만 하더라도 엄마를 닮아 갸름한 얼굴형에 콧날이 아버지를 닮아 오똑하면 얼마나 좋았을까. 엄마도 아니고 외할머니를 닮아 광대뼈가 두드러지고 하관은 아버지처럼 넉넉하고 든든하게 이목구비를 받치고 있는데 여성스럽게 행동하면 어울릴까. 밝은 세상을 보게 해주시고 길러주신 부모님의 은혜에 감사하고자 하지만 매년 생일 때마다 "어머니, 아버지, 왜 나를 이렇게 낳으셨나요?"하고 타박 아닌 타박을 하면 아버지 명 회장은 웃으며 덧붙이기도 한다. "맏며느리감인데 왜 그래? 하하하." 기가 센 맏며느리감이겠지.

봉미는 자신의 얼굴이 그렇게 된 원인의 80%는 아버지 명 회장에게 있다고 생각한다. 명 회장이라고 하니 재벌그룹의 총수 느낌이지만 조그만 주식회사의 대표일 뿐이다. 지적인 교수처럼 보이는 점잖은 외모로 분유회사를 거쳐, 운수회사에 들어가 사장을 거쳐 회장까지 지낸 아버지는 젊은 시절 미군부대 근무할 때 외국배우 같다고 미군들이 칭찬해마지 않았다고 한다. 훤칠한 키를 물려주셔서 고마운데 다소 각이 진 얼굴은 남동생에게나 줄 것이지 봉미에게 물려준 것이 다소 서운하다. 아버지의 단점만 골라 닮으며 뒤죽박죽 울퉁불퉁 생겨 나왔다. 딸이 아버지를 닮으면 잘 산다고 누가 말했나. 전혀 위로가 되지 않는다. 손 여사는 젊었을 때 유난히 남자의 얼굴을 중시해서 착하고 돈이 많아도 얼굴이 잘 생기지 않으면 정이 안 갔다고 한다. 명 회장이 손 여사의 이웃 하숙집에 들어 온 후 옆집 아주머니가 두 사람을 만나게 해 주었다. 하숙집 아주머니는 시골에서 올라와 조그만 회사에 다니는 동생 집에서 사는 손 여사의 참한 모습을 보고 여러 총각을 소개했지만 키가 작고 못생겼다고 번번이 퇴자를 놓았다고 한다. 곱상한 외모의 소유자라 그럴 만도 하다고 이해는 했지만 이제 지쳤다고 할 때 명 회장이 손 여사 눈앞에 나타난 것이다. 이목구비가 굵직하고 콧대는 높아서 세련된 얼굴형에 키도 작지 않아 일단 손 여사의 마음을 사로잡아 놓고 말하는 솜씨도 많이 배운 사람 같아 망설일 것도 없이 명 회장의 청혼을 받아들였다. 사람은 겪어봐야 알고 부부는 살아봐야 안다고 명 회장의 성격이 의외로 깔끔하고 만만치 않아서 마음 편히 살지는 못했다. 손 여사는 차라리 그때 좋다고 따라다니던, 못생겼지만 넉살 좋은 가구공장 사장과 결혼했더라면 마음 편히 떵떵거리며 살았을 거라고 아쉬워하기도 했다. 명 회장은 손 여사 아니면 어찌 살았을까. 늘 양복과 와이셔츠는 꼿꼿이 다려져 있어야 하고 점심에는 꼭 국수를 먹으니 갖가지 고명을 구비해 놓아야 하고 생활비를 주면 한 푼도 빠짐없이 미주알고주알 어디에 썼는지 고해 바쳐야 한다. 그런 명 회장도 할 말은 있어 손 여사의 고운 외모와는 달리 무뚝뚝하고 퉁명스러운 말투에 질려 버렸다는데 오십 보 백 보, 누가 낫고 누가 부족한지 가늠하기가 어렵다.

손 여사가 임신을 할 때마다 명 회장은 아들이건 딸이건 주시는 대로 받겠다고는 했지만 내심 아들이기를 바랐다. 첫딸은 살림 밑천이니 대수롭지 않았지만 둘째부터는 신경이 쓰였는데 마침내 셋째인 봉미가 태어나는 날 퇴근해 돌아온 명 회장은 망연자실했다. 또 딸이라니! 나 닮은 잘 생긴 아들 하나 떡억 낳아줬으면 좋으련만. 큰 실망을 안겨준 딸이지만 위로 두 딸처럼 손수 이름을 지어 봉미라고 했다. 받들 봉, 아름다울 미. 어렸을 때부터 차분한 두 언니에 비해 활동적이라 부잡스러웠는데 점점 자라면서 얼굴도 곱상한 손 여사보다는 명 회장을 더 닮아 갔다. 싹싹하고 상냥하게 생기지 않아 처음 보는 사람들은 어려워했다. 알고 보면 맹탕인데 강한 외모만 보고 판단하는 경향이 있다. 그래도 요즘 바지보다는 원피스를 즐겨 입어 차림새로 봐서는 다소 여성스러운 면이 있다. 원래부터 그런 옷차림을 즐긴 것은 아니다. S건설 회사원들과 단체미팅을 할 때 위에는 블라우스를, 아래는 청바지를 입고 나갔다. 청바지를 입고 온 사람은 봉미밖에 없었다. 그때 파트너가 된 남자가 봉미 차림새를 보더니 "위에는 로맨틱, 아래는 야성!"이라고 말해 민망하게 한 적이 있었다. 잘 입었다는 것인지, 이상하게 입었다는 것인지 분간은 못 했지만 칭찬하는 말로는 들리지 않았다. 그 이후 별로 어울리지 않는 원피스를 입으려고 노력했다.

어제 봉미는 한밤중이 지나도록 집에 들어오지 않았다. 온다간다 연락도 없어 노심초사하고 있는데 새벽 2시가 넘어서야 얼룩덜룩하고 불그죽죽한 얼굴로 나타났다.

"친구가 아파서 같이 있다가 왔어. 열이 많이 나서 시중도 들어 주고 죽도 끓여 주다 보니 늦어 버렸네."

"그 친구는 가족도 없니? 왜 늦게까지 있어."

"지방에서 올라와 혼자 자취하고 있는 애야. 불쌍하잖아."

사실 어제 봉미는 S건설 그 남자와 네 번째 만나는 날이었다.

홍대에 있는 카페에서 7시에 만나기로 했는데 봉미는 여느 때와 마찬가지로 5분 일찍 도착했다. 남자 친구가 있는 대학 동창 수지는 봉미에게 여자는 남자보다 5분 정도 늦어야 더 매력적으로 보인다고 그러지 말라고 충고를 해주는데 도무지 이해가 안 간다. 늦어야 더 매력적이라니, 용모가 받쳐 주지도 않는데 오히려 화근이 될까 두렵다. 어쨌든 봉미는 누구와 약속하건 늘 일찍 도착해야 마음이 놓인다. 남자가 오면 시키겠다고 물 한 잔만 받아 놓고 기다리는데 10분이 지나도록 오지를 않는 것이다. 30분을 채우고서야 전화를 거니 받지도 않는다. 가려고 하다가 좀 늦는 거겠지 하고 1시간을 채우고 말았다. 무슨 일인가 걱정이 되는 한편 자존심이 상해서 견딜 수가 없었다. 안주 없이 맥주를 시켰다. 도저히 맨 정신으로는 견딜 수가 없었다. 봉미는 술을 마시지 못 한다. 마신 적도 없다. 남들은 기분 좋아서 마시고 속상해서 마신다는데 친구 권유로 한 잔 입에 대었다가 그 쓴 맛에 내려놓은 이후 알코올 성분이 있는 것은 입에 대지 않았다. 오늘은 특별한 날이다. 술을 먹지 않고는 견딜 수 없는 일진이 사나운 날이다. 한 병, 두 병, 세 병째 비워지니 자신의 처지가 기가 막혀 눈물이 나왔다. 세상에 바람이라니, 남자에게 바람을 맞다니! 옆 테이블에는 방금 들어온 남자가 자리를 잡았다. 눈물 콧물 범벅이 되어 흐느끼고 있는 여자가 이상하다고 생각되었는지 자꾸 쳐다본다. 그리고 봉미에게로 다가온다.

"저, 볼펜 있으세요? 볼펜 좀 빌려 주시겠어요?"

모르는 여자지만 위로의 한마디라도 건네려 하나보다 내심 기대를 하고 있었는데 볼펜이라니, 볼펜이 있어도 빌려 주고 싶지 않은 남자다. 그렇지만 어떤 경우라도 남에게 친절해야 한다는 부모님의 가르침 속에서 자란 봉미는 눈물로 얼룩진 얼굴을 들어 가방에서 주섬주섬 볼펜을 꺼내 주었다. 그는 뭔가를 쓰더니 엎어진 봉미 머리맡에 놓고 간다. '삶은 그다지 행복하지도 불행하지도 않아요.'

마치 '여자의 일생'의 주인공 '잔느'라도 된 것처럼 그렇게 달관하면 얼마나 좋을까마는 봉미는 당장 자존심에 먹칠 당한 이유가 무엇인지 생각해 본다. 좋다고 세 번을 만났는데 네 번은 안 되겠다는 것인지,

혹시 연락을 못할 정도로 아픈가, 양다리를 걸치다가 약속이 겹쳤나, 아무리 생각해도 납득할 만한 이유를 찾지 못했다. 밤 11시가 넘도록 결론을 내지 못하고 비칠비칠 일어서는데 몸을 가누지 못하겠다. 게다가 맥주 값을 치를 돈이 모자란다. 남자가 내겠지 하고 지갑을 넉넉히 채워오지 않았기 때문이다. 마침 근처에 사는 수지가 생각나서 전화를 했다.

"수지야, 근처 카페인데 나 좀 데려가 줄래."

"왜? 오늘 그 남자 만난다며?"

"으응, 근데 나 바람 맞았다. 그놈이 안 나왔어."

"뭐라고? 안 나왔어? 그럼 여태 뭐했어?"

"응, 술 마셨어, 속상해서, 자존심 상해서……"

"이구, 알았어. 나갈게."

"올 때 돈 좀 가져 와라. 술값이 좀 모자라."

친구의 부축을 받으며, 사정이 사정인지라 친구 부모님께 인사도 못하고 살금살금 수지 방에 들어가 새벽까지 신세한탄을 하고 그제야 집에 조금 있다 간다고 연락을 했다.

나중에 바람결에 전하는 말로는 그 남자가 갑자기 고열이 나서 연락도 못하고 나가지도 못했다는데 봉미로서는 이미 맥주를 세 병이나 마시고 미련 없이 끝낸 일이라 더는 생각할 일이 없었다. 남자로부터 직접 일언반구 어떤 변명도 들은 적이 없어 믿어지지 않는 것도 그 이유가 되었다.

잠도 못 자고 출근해 교실에서 아침 교육 방송을 듣고 있자니 봉미는 오늘 따라 허 선생의 코맹맹이 소리가 더욱 귀에 거슬린다.

"오호호홍, 안녕! 영란의 호박꽃들이여! 오늘은 1930년대의 현대시 중 김영랑 시인의 '모란이 피기까지는'을 감상해 보겠어요."

게다가 영란의 호박꽃들이라니, 영란 중학교 방송 수업에 어울리지 않는 용어를 자주 뱉어내는 허의 버릇이 또 나타난다.

허는 아담한 키에 균형 잡힌 몸매에다 오목조목한 얼굴까지 귀염성이 있어 일찌감치 학생들의 호감어린 시선을 한 몸에 받던 터이다. 학생뿐 아니라 부임한 첫날부터 몇몇 남선생들의 사랑을 담뿍 담은 눈빛을 즐기다가 마침내 한 남자의 연인으로 낙점되었다는 사실을 알 만한 사람은 다 아는 사실이다. 이미 애인이 있는 여자인데도 봉미가 은근히 마음에 두고 있는 장 선생을 따라 다니며 봄바람에 춤추는 꽃잎처럼 웃음을 흘리고 다니니 마음이 편할 리가 있겠는가?

방송이 끝나자 허는 봉미의 맞은편에 앉은 장 선생에게 바짝 붙어서 고양이처럼 호동그란 눈을 더 동그랗게 뜨며 입술을 한껏 오므리고, 간드러지게 웃으며 이야기를 나누고 있었다. 장의 까무잡잡한 얼굴과 허의 뽀얀 얼굴이 전혀 어울리지 않아 보이는데 둘의 얼굴에는 홍조가 가득하다.

"어머머머, 오호호홍, 정말이요? 저야 좋죠. 오호호홍."

잘은 모르지만 둘이 뭔가를 약속하는 듯하다. 자리로 오는 봉미를 보더니 또 그 웃음을 날린다.

"어머머머, 봉미 샘, 옷 멋지다! 참 잘 어울려요. 오호호홍."

봉미는 별로 특별할 것도 없는 차림새를 칭찬하며 제 자리로 가는 허의 나풀거리는 분홍색 시폰 원피스에 질투를 느끼며 괜히 가방을 '탕' 소리 나게 책상 위에 올려놓았다. 움찔하며 놀라던 장이 눈인사를 하며 말을 건넨다.

"명 선생님, 오늘 시간 있으세요? 맛있는 것 사드릴게요." 엉겁결에 나온 말인 것 같다.

"괜찮아요. 먹은 걸로 할게요."

장에게 이렇게 싹퉁머리 없게 하는 이유가 있다. 얼마 전에도 저녁 식사를 같이 하자고 해놓고 갑자기 일이 생겼다고 약속을 어긴 일이 있기 때문이다. 말해 놓고도 약간 미안했지만 허와 싸잡아서 얄미운 건 사실이다.

눈이 뱅뱅 도는 도수 높은 안경 너머로 가늘고 날카로운 눈빛, 까무잡잡한 피부, 다소 마른 체격, 약간 어눌한 말투로 입을 열면 하얀 이가 가지런한 장이 저 여우같은, 아니, 고양이 같은 허에게 마음이 가는 것 같아 봉미의 신경을 곤두서게 한다. 장은 허에게 결혼을 약속한 민 선생이 있다는 것을 알면서도 잘해 주는 것은 학교 후배라는 이유에서만일까? 장, 민, 허는 대학 선후배 사이라 셋이 자주 어울렸다. 특히 허와 민은 집도 같은 동네에 있어 2학년 담임을 같이 하면서 허의 차로 출퇴근을 하곤 했다. 대학 선후배 관계이기도 했지만 몸이 가까우면 마음도 가까워지는 것이 인지상정이라 5년의 나이 차이에도 불구하고 급속도로 가까워졌다. 민은 바로 올해 3월에 부임한, 군 미필자인 25살 새파란 청년이고 허는 봉미와 마찬가지로 30살이다. 사람들이 수군거릴 만도 한데 대학 선후배 관계이고 두 사람의 나이 차이가 많아서 그다지 관심을 두지 않다가 둘이 사귄다는 말을 듣고 경악을 금치 못했다. 특히 봉미는 민이 교무실에 둘만 있는 줄 알고 허를 '허블리'라고 부르는 것을 들은 후라 짐작은 하고 있었지만 심사가 뒤틀렸다.

왜 저 여자는 내가 좋아하는 남자만 차례로 가로 채는 것일까? 민만 하더라도 혹시 데이트를 청해오면 못 이기는 체 응하려 했는데 아차

하는 사이에 애교 많은 허의 차지가 되고 말았다. 그런 허가 민을 놔두고 장에게 추파를 던지는 속셈은 뭘까. 아무리 선후배 사이라도 이해할 수가 없다.

허가 두 남자의 호의 속에서 나날이 예뻐지며 희희낙락할 때 봉미는 의식하지 못 했지만 바로 옆자리에서 인 선생의 시선을 받고 있었다. 옆에 앉아 있다 해도 하루 종일 학생들 얘기 몇 마디 외에는 나누는 대화가 없어서 가깝다고 생각하지 않는 인 선생이다. 체격이 왜소하여 키도 봉미보다 작은 것 같고 금방 눈에 띄지 않을 만큼 수수한 얼굴에, 말소리도 작아서 옆이라도 귀를 한껏 기울여야 들릴 만한 목소리의 소유자라 어떤 때는 답답한 사람이라고 생각하기도 했다.

퇴근 시간이 다 되어 교무실에는 반 아이들 세 명을 뒤에 있는 상담실에서 벌을 세우고 있는 봉미와 옆에 인이 수행평가 마무리 한다고 남아있다. 저 만치에서 선한 눈매로 둘을 바라보는 교감이 있다.

퇴근 준비를 하던 교감이 슬슬 이쪽으로 다가온다.

"두 분만 퇴근을 안 하셨네요. 인 선생님, 오늘 같은 날은 명 선생님 모시고 나가서 맛있는 것도 먹고 그러지 뭐하고 계십니까? 허허허"

"예, 오늘 제가 마무리 할 것이 남아서요......"

"그렇군요. 그럼 나 먼저 퇴근하겠습니다. 내일 봅시다. 허허허"

교감 눈에는 둘이 나란히 앉아 있는 모습이 꽤나 잘 어울려 보이는지 가끔 둘이 있는 쪽을 보며 알 듯 모를 듯 미소를 띠우곤 했다.

먼저 저녁을 먹자고 해도 거절하겠지만 일 마무리를 한다며 교감의 권유를 받아들이지 않은 인도 참 주변머리가 없다. 마음만 있으니 소용이 없다. 인이 봉미를 마음에 둔다한들 언제 행동으로 옮길지는 미지수다.

명 회장이 공적으로만 대표이고 회장이지 개인적으로는 버스 두 대에서 나오는 수입으로 3남매를 기르고 먹고 살기에는 빠듯했다. 봉미가 중학교 졸업 때까지 신촌에 있는 상가 건물 3층에 세 들어 살다가 버스가 세 대로 늘어나면서 돈이 벌리자 지금 사는 서교동에 집을 마련했다. 서교동 골목에는 큰 단독 주택들이 많았다. 봉미네는 그 큰 주택 사이에 30평이 조금 안 되는 단독주택이었는데 위용을 자랑하는 주택들 사이를 걸어가다 안쪽으로 자리 잡은 봉미네를 가려면 차 한 대가 겨우 다닐 만한 골목길을 지나야 한다.

매일 다니는 골목길이지만 오늘같이 어둑하고 을씨년스럽게 바람이 부는 날은 더 스산해 보인다. 높은 담장에 둘러싸인 다른 집들에 비해 담이 낮아 납작해 보이는 봉미네로 가자면 몇 집을 더 지나야 하는데 아이들과 실랑이한 오늘은 더 발걸음이 더디다. 두 팔을 늘어뜨리고 맥없이 걸어가 막 집 앞에 이르렀는데 갑자기 바로 뒤에서 인기척이 느껴진다.

"저기요!"

깜짝 놀라 뒤를 돌아보니 웬 얼룩덜룩한 군복 윗도리를 입은 남자가 어깨를 잡으려고 한다.

"어머나, 왜 그러세요? 악! 엄마야!"

비명을 지르며 정신없이 초인종을 눌러대니 그 남자도 깜짝 놀라 혼비백산 달아나고 만다. 봉미의 비명소리와 정신없이 울리는 초인종 소리에 놀라서 맨발로 뛰어나온 손 여사는 자초지종을 듣고 실소를 금치 못한다.

"아니, 이 지지배야. 누군지 알고 비명부터 질러?"

"전혀 몰랐어, 누가 따라 오는지."

"혹시 뒤태가 예뻐서 따라 온 건 아닐까? 하하"

"엄마도 참! 정말 무서워서 죽는 줄 알았다구."

"한밤중도 아닌데 무슨 일이래. 얼굴은 봤니?"

"그 경황에 어떻게 얼굴을 기억해? 그리고 보통 옷이 아니었다구."

"보통 옷이 아니라니?"

"개구리복 있잖아. 얼룩덜룩한 거, 군인들이 입는 거. 아, 놀래라!"

좋다고 따라다니는 남자는 없고 치한이라니, 백 번 양보하여 손 여사 말대로 평소에 눈여겨 두었다가 차 한 잔 하려고 그랬을 거라고 위안이나 삼아 볼까.

온종일 서 있어서 띵띵 부은 다리를 침대 머리맡에 올려놓고, 흐트러진 정신을 다잡으며 쉬고 있다가 장을 떠올렸다. 먹은 걸로 하겠다고는 했지만 은근히 기대하는 바가 없지 않다. 허를 제치고 봉미부터 챙길 리는 없지만 빈 말인지 진짜인지 기다려 보기로 했다. 양다리를 걸치고 이쪽저쪽 재고 있나 흥미가 진진하다. 그 순간 번개처럼 생각나는 것이 있었다.

"어머나! 악, 어떻게 해!"

갑자기 봉미가 트램블린 위에서 도약하듯 튀어 오르며 비명을 지른다.

"아니, 또 왜 그래? 간 떨어지겠다."

"어떡해! 지금 몇 시야?"

"8시 거의 됐는데."

"아, 어떡해." 걱정하며 서둘러 전화기를 찾는다.

"아, 인 선생님, 마침 퇴근 안 하셨군요. 제 자리 뒤쪽 상담실에 우리 애들 벌을 세워 놨거든요. 죄송하지만 이제 집에 가도 된다고 전해 주시겠어요?"

"예, 아직 아이들이 있나 볼게요."

잠시 후 인은 아이들이 언제 갔는지 상담실에 아무도 남아 있지 않다고 전했다. 허락도 없이 도망갔다. 벌을 세운 지 3시간이나 지났는데 당연하다. 다행이다!

다른 때 같으면 '감히 도망을 가?' 노발대발했겠지만 도망간 아이들이 그렇게 예쁠 수가 없었다. 하여간 경황이 없는 중에 잘도 둘러댄다. 건망증과 순발력을 겸비한 여자, 그 이름 봉미.

"일찍 출근하셨네요. 어제는 고마웠어요. 도망갈 줄 알았어요. 하하"

"뭘요. 도망 안 갔으면 더 큰일 아닌가요? 하하하"

봉미 마음을 꿰뚫어 보며 오랜 만에 호탕하게 웃는 인 선생 보기가 민망하다.

어젯밤 애들이 선생님 말을 잘 들어 8시 넘어서까지 남아 있었으면 어쩔 뻔했나. 생각만 해도 아찔하다. 요즘 들어 실수를 자주 하는 것 같아 불안하다. 얼마 전에는 책상을 정리하다가 당황한 적이 있다. 자리에 없던 영어 선생에게 누군가 교재를 전해 주라는 것을 까맣게 잊고 1주일 내내 책상 서랍에 넣어 놓고 전해주지 않은 것이다. 지난번에는 결근한 선생 대신 보강을 들어가야 하는데 깜빡 잊어버리고 있다가 끝나기 20분 전에 뒤늦게 들어간 일도 있다. 요즘 애들은 교사가 늦게 들어오거나 안 들어 와도 찾지를 않고 이때다 하고 신나게 놀아 버리니 교사가 정신 바짝 차려야 한다.

그나저나 장 선생이 한턱 쏜다고 하더니 감감 무소식이다. 겉으로는 관심 없는 체했으나 내심 기다려진다. 그때 고양이상 허 선생이 문으로 들어서며 이쪽으로 온다. 정확히 말하자면 봉미의 맞은편이다. 저 여자는 장의 자리를 그냥 지나치는 법이 없다.

"오호호호, 오늘도 좋은 아침이죠?"

"예, 오셨어요."

"오호호호, 장 선생님, 어제……어요? 참 잘………요. 담엔 제가……게요."

허의 목소리가 웃음소리 빼고는 주위 사람을 의식한 듯 점점 작아진다. 눈치 빠른 봉미가 못 알아들을쏘냐. 뜻은 이렇다.

'장 선생님, 어제 잘 들어가셨어요? 참 잘 먹었어요. 다음엔 제가 사 드릴게요.'

봉미는 그제야 어제 장의 말에 차갑게 대한 일이 생각났다. 어쩐지 장이 봉미 쪽을 흘끔거리며 눈치를 보는 듯하다. 허가 어제의 흥이 가시지 않은 듯 꽃바람을 일으키고 간 후 봉미는 장이 야속하고 서운했다. 장에게 겉으로는 거절했어도 속으로는 기대하고 있었는데……

그런 봉미 마음을 헤아린 듯 장이 말을 꺼낸다.

"어제 같이 가려고 했는데 선생님이 애들 상담을 하고 있더라고요. 한참 기다려도 안 끝나기에 그냥 우리끼리 나갔습니다."

"괜찮아요. 말씀만이라도 고맙죠."

봉미는 이제 기대를 하지 말아야겠다고 생각한다. 장이 허와 어울리든지 허가 민과 어울리든지 관심을 끊어야겠다고 생각했다. 옆자리의 인이 가끔 자기를 쳐다보는 것도 시답지 않았다.

'5월의 신부는 눈부시게 아름다웠다!'고 하면 너무 진부한 표현일까? 만인 환시 중에 부친의 손을 잡고 버진로드를 들어서는 허 선생에게 그것 말고는 어울리는 표현이 없는 것 같다. 일생에 여자가 가장 아름다워 보인다는 결혼식, 조막만한 얼굴이 화려하고 거창한 드레스 때문에 더욱 작아 보였다. 이윽고 부친에게 목례를 하고 신부의 손을 잡은 신랑의 얼굴이 약간의 화장에도 불구하고 상기되어 있다. 안경이 없으면 더 돋보이련만 오늘 따라 검고 굵은 테가 무거워 보인다. 허와 장이 부부가 되는 날이다. 어울리지 않을 것 같았던 허의 콧소리와 장의 어눌한 말투가 동료들의 놀람과 찬사 속에서 결혼을 이루어냈다. 허와 민이 아니다. 민은 당연히 보이지 않는다. 서울에 있어도 참석을 안 했겠지만 다행히 민은 군복무 중이다. 다행이 아니라 불행히도……

들리는 말에 의하면 민이 군대에 가기 전에 선배인 장에게 허를 잘 돌봐 달라고 부탁하고 갔다고 한다. 선배가 있으니 안심했을까. 혹시라도 선배에게 빼앗길까 불안했을까. 우리가 삶에서 걱정하는 것 중 90%는 일어나지 않는다고 하는데 다수의 우려가 나머지 10%의 확률로 일어났다. 미필자보다는 군필자가 안정감이 있겠지. 해사한 연하 남보다는 자기를 감싸 줄 수 있는 듬직한 남자가 좋았겠지. 허의 말도 안 되는 변심에 수군거리던 사람들은 사랑하는 여자를 남겨두고 떨어지지 않는 걸음으로 입대한 민에게 동정표를 던졌다. 봉미가 보기에는 고양이에게 생선 가게를 맡긴 셈이었다. 봉미는 후배의 여자를 빼앗은 장보다는 허의 배신을 이해할 수가 없다. 이듬 해 허는 다른 학교로 전근을 가고 장은, 양심의 가책이 더 높은 곳을 향하게 한 원동력이 된 것인가, 행정고시 공부를 하더니 1년 만에 합격해서 교육청으로 발령을 받았다. 민도 제대를 한 후 애인을 가로챈 원수 같은 선배 장이를 생각하며 절치부심했는지 장과 마찬가지로 보란 듯이 행정고시에 합격하고 신임 교사를 사귀더니 6개월도 안 되어 결혼을 했다. 봉미도 다른 학교로 옮겨 근무하던 어느 날 교육청 엘리베이터에서 장을 봤다. 두꺼운 안경알 너머의 가는 눈, 까무잡잡한 피부, 무표정에 얼굴은 부은 것처럼 퉁퉁하고 몸은 80kg 정도는 넘게 보인다. 그가 먼저 내린 후 봉미는 뒤늦게 같이 근무했던 장 선생임을 알아봤다. 그런데 그때의 장이 아니었다. 표정은 더 무표정해지고 몸은 많이 불어났다. 장도 봉미를 못 알아 본 것일까. 모른 척 한 것일까. 출장 간다고 유난히 신경 쓰며 차리고 나온 자신을 알아봤다면 그의 마음이 어떠했을까. 허 선생과는 잘 살고 있는지, 또 통속적인 표현으로 우정과 사랑을 다 잃은 민 선생을 생각하며 삶의 아이러니에 대해 생각해 본다.

봉미는 11명의 발령 동기 중에서 선이와 가장 친하다. 일찍 학교에 들어가 봉미보다는 한 살이 어리지만 친구처럼 허물이 없다. 대학 때 사귀던 남자 친구와 일찌감치 졸업하자마자 결혼을 해서 여자 동기 중에서 유일하게 배우자가 있는 여자다. 목소리 톤이 높고 모르는 것이 없는 것처럼 무엇이든지 자신감 있게 말하는 통에 봉미가 동생 취급을 당할 때가 많다.

"봉미야, 그건 아니라고 봐. 결혼은 선택이 아니야. 필수야!"

"결혼을 꼭 해야 되니? 난 집에서 독립하는 게 더 빠를 거야."

"나를 봐라. 일찍 결혼하니 안정감 있고 좋잖아. 남편이 옆에 있다는 게 얼마나 든든한지 아니?"

예민한 주리가 사는 법

"남편이 더 좋겠다. 넌 가정과니까 남편에게 영양가 있고 맛있는 거 많이 해주겠네."

"남편이 더 잘해. 난 설거지나 하지. 국어과 말 못하고 가정과 밥 못하는 거 몰라? 하하하"

선이 남편은 약국을 운영하고 있는 약사이다. 외모는 볼품이 없이 왜소하나 고소득자에다 무척 가정적이라니 선이가 남자 보는 안목은 있나 보다. 허니문 베이비라는 아들을 하나 낳고 잘 사는가 했는데 얼마 전부터 눈썹이 위로 솟구치면서 남편 얘기를 하는 것이다.

"내참 기가 막혀서! 현이 아빠가 약국 접는대."

"약국을 안 한다고? 왜?"

"제약 회사 연구원으로 간대."

"약국 잘 된다고 하지 않았어?"

"그런 줄 알았는데 약국 차릴 때 1억을 대출 받았다는 거야."

결혼할 때 약국을 직접 운영한다고 해서 능력 있는 사람인 줄 알았더니 빚더미 위에 세운 약국이었던 것이다. 선이는 아버지가 돌아가신 후 물려받은 유산이 많아서 1억 정도는 갚아 줄 수 있는 충분한 능력이 있지만 그럴 생각은 전혀 없어 보였다. 선이가 꿍쳐 둔 돈이 있다는 것을 알고 있는 남편은 지금 사정이 어려울 때 도와주지 않는 아내가 야속했고, 선이는 선이대로 자신을 속였다는 생각에 남편과 사이가 점점 벌어졌다. 한동안 더는 못 살아, 이혼을 한다고 난리를 치고 하소연을 해댔다. 그러더니 갑자기 남편이 미국으로 파견 근무를 간다고 해서 이제는 헤어지나 보다 했더니 남편을 따라 미국으로 간다는 것이다.

"나 학교 그만 두고 미국 갈 거야."

"뭐? 그만 둔다고?"

"응. 그 사람과 이혼도 생각했는데 더 노력해 보기로 했어."

"그럼 휴직을 하지 아예 그만 두려고 해?"

"이제 교사직도 싫어졌어. 거기서 현이 공부시키고 영어나 배울래."

힘들여서 임용고시에 합격해 놓고 아예 그만 두는 선이가 안타까웠지만 직장보다는 가정을 택한 선이는 그렇게 학교에서 퇴직을 하고 미국으로 갔다.

남편과는 다시 노력해 보겠다고, 미국에서 독실한 신앙으로 이겨 낸다고 몇 번 메일을 보내더니 결국은 각자의 길을 가기로 했단다. 외적인 조건을 보고 결혼하거나 사랑으로 결혼하거나, 환경에 따라 시간에 따라 마음이 변하는 것은 어쩔 수 없다고 생각한다. 사랑이 영원하기를 바라지만 사람의 마음이 영원하지 않으니 말이다. 나약하고 간사한 사람의 마음은 조석으로 변하니 붙들어 놓을 수가 없다.

쉬는 시간에 상담실에 있는 선배 교사가 봉미에게 다가왔다.

"명 선생, 혹시 사귀는 사람 있어?"

"아직 없어요. 왜 좋은 사람 있어요?"

"응, 친구 동생인데 32살이고 Y대 나와서 대기업 다니고 차남 이야. 키는 175정도. 만나 볼래?"

"그럼 잘 아시겠네요. 부담스러운데……"

"괜찮아. 부담 없이 만나봐."

봉미는 외모에 자신도 없고 직장 동료라 부담스러웠지만 그 선배의 됨됨이를 보아 잘못 되더라도 타박을 하지는 않을 것 같아 만나기로 했다. 요즘에 소개자는 나타나지 않는 추세라 봉미는 하늘색 코트를 입고 그쪽에서는 베이지색 코트를 입기로 약속을 정하고 강남에 있는 카페로 나갔다. 진한 청색이 둘러진 옅은 하늘색 코트를 입은 봉미는 키는 175정도에 베이지색 버버리를 입은 남자를 찾아 두리번거리는데 손님이 한 명도 없다. 일찍 왔나보다 하고 10분 정도를 더 앉아 있는 데 비슷한 인상착의의 한 남자가 휙 한 번 둘러보고 봉미에게 잠깐 시선을 던지더니 금방 나가버린다. 그 남자가 온 것도 같고 오지 않은 것 같기도 하다. 뭐 이런 경우가 다 있나? 다음 날 복도에서 선배 교사를 만났다.

"선생님, 그분이 안 나왔나 봐요."

"안 나왔어? 그럴 애가 아닌데……"

"무슨 착오가 있었나 봐요."

"내가 미안하네. 다시 약속 잡을까?"

2학기도 거의 지나 겨울 방학이 다가오고 남들은 쉽게 만나고 쉽게 결혼하는데 봉미의 인연은 어디에 있는 것일까. 동기 은이도 얼마 전에 소개 받은 남자와 결혼 날짜를 잡았다고 한다. 얼마나 마음에 들면 만난 지 6개월 만에 일생을 같이 할 생각을 할 수 있나 이해할 수가 없다. 은이는 더할 나위 없이 행복한 얼굴로 봉미에게 청첩장을 준다.

"축하해! 도대체 어떤 사람인데 그렇게 빨리 결혼하기로 마음을 먹었어?"

"처음에는 별로 마음에 들지 않았는데 그쪽에서 적극적으로 다가오니까 나도 괜찮아지더라고. 조건도 크게 나쁘지 않고……"

"어떻게 만났어?"

"상담 선생님이 조카가 있는데 Y대 나오고 대기업 다니고 아주 잘 생겼다고 해서 나갔지."

"그럼 상담 선생님이 소개한 거야?"

"응, 그런데 그렇게 잘 생기진 않았어. 하하"

Y대 나와서 대기업 다닌다는 상담 선생 조카, 베이지색 코트 입고 한 번 쓱 둘러보고 나간 친구 동생이라는 그 남자……

봉미는 교문을 나서며 택시를 잡았다. 날씨가 쌀쌀한 탓도 있었지만 마음이 허전한 탓일 게다. 우울한 손님을 태운 기사는 룸미러로 힐끗거린다. 그리고 뒤로 종이 한 장을 전한다. 명품 코믹 연극 초대권.

'미친 듯이 웃고 싶습니까? 미친 듯이 눈물 흘리고 싶습니까? 우리가 책임지겠습니다.'

"기사님! 혜화동 대학로로 가주세요."

단기 기억상실증

여자는 이곳이 낯설지 않다.

마치 고속버스 터미널 대합실처럼 기다리는 사람이 많다.

젊은 남녀, 중년 남녀, 점잖아 보이는 한 쌍……거의 사이를 두고 떨어져 앉아 있거나 서 있는데 하나같이 얼굴빛이 편해 보이지 않는다.

그런데 한쪽에 두 사람은 무척 다정하게 보인다.

정다운 부부처럼 나란히 의자에 앉아 있다.

남자는 40대 같은데 앞머리를 계속 쓸어 올리며 훤한 정수리를 감춘다.

여자는 남자에 뒤지지 않는 큰 키에 파마기 없는 생머리를 어깨까지 늘어뜨려 남자보다 젊어 보인다.

위아래 검은색 옷이 잘 어울린다. 둘은 간간이 낮은 소리로 말을 주고받기도 한다.

맹희가 스물다섯이 되던 날, 서른 살이 되기 전에 좋은 사람을 만나 결혼을 하지 않으면 집에서 나가겠다고 윤 여사에게 독립을 선언했다. 생활비를 넉넉지 않게 주면서도 매번 아껴 쓰라는 남편의 잔소리를 듣다가 맹희가 월급을 통째로 가져다줘서 자식 키운 보람을 맛보고 있는 차에 웬 뜬금없는 소리인가.

한다면 하는 딸의 성격을 모르는 바가 아니어서 여자 혼자 나가서 사느니 결혼이 낫겠다 싶어 근처에서 가게를 운영하는 동생에게 맞선 자리를 서둘러 알아보라고 했다. 맹희는 눈초리가 살짝 올라가고 광대뼈와 턱뼈가 도드라져 어디를 봐도 순하게 보이지 않는 얼굴이다. 게다가 아담하면 좋으련만 여자로서는 작지 않은 키다. 아버지의 훤칠한 체격을 닮아 170에 가깝다. 언니들과 비교하면 머리 하나 정도는 큰 것이 어렸을 때부터 아무것이나 가리지 않고 잘 먹은 덕이기도 했다.

식탐이 있고 흉하지 않은 음식이면 무엇이든 잘 먹는데도 살이 찌지 않는 것을 보면 신기하다. 운 좋게도 행정직 공무원 시험에 합격해서 주민센터에서 근무하고 있는 것도 내세울 만하다. 아버지 명 회장이 운수업을 하면서 겨우 교육비나 대는 가정 형편상 일찌감치 공무원 시험 준비를 한 딸이 대견하기만 하다. 선도 안 보고 데려간다는 셋째 딸에 배우자감으로 1순위라는 공무원이니 외모 정도는 조금 부족해도 되지 않을까 하는 생각에 적당히 어울리는 남자를 알아보라고 했지만 그렇게 쉬운 일이 아니었다.

맹희는 키 크고 선이 굵은 여자보다는 아담한 체격에 동글동글한 얼굴형, 남편 말에 순종할 것 같은 귀염성 있는 여자를 남자들이 선호하는 것 같아 불만이다.

동료들을 보더라도 그런 여자들은 이미 결혼을 했거나 사내결혼을 약속한 남자가 있곤 했다.

맹희도 동료 직원을 마음에 두고 있다가 아담하고 눈웃음이 매력적인 여자가 그 남자를 차지하는 바람에 놓쳐버린 과거가 있다. 그래봤자 말단 공무원에 키도 작고 별 볼일 없는 사람이라고 무시해버렸지만 한편 마음이 쓰린 것은 어쩔 수가 없었다.

결혼하기로 마음을 먹으니 여기저기서 맞선보라는 소식과 소개한다는 말들이 들려오기 시작했다.

키가 작다, 키가 너무 크다, 눈이 작다, 순해 보이지 않는다, 손톱에 때가 꼈다, 잘난 체한다, 못생겼다, 너무 잘 생겼다, 직장이 안정적이시 않다. 수십 번을 만나도 주거니 받거니 흠을 잡는데 결혼으로 이어질 리가 없다.

지쳐서 결혼이고 뭐고 집어치우자고 하던 차에 윤 여사의 한 번만이라는 성화에 못 이겨 만난 사람이 이모가 소개한 친구 아들이었다.

남자의 엄마가 부동산을 많이 가지고 있고 강남 단독주택에 살고 있다, 아버지는 초등학교 교사니 믿을 만하다고 부모부터 꺼내더니 아들은 S대 임상병리실에 있다고 한다. 듣기에 괜찮아서 만나기로 약속을 잡고 서교동 호텔 커피숍으로 나갔다.

인상은 순해 보였는데 인사 한마디 나눈 다음에는 도무지 맹희를 쳐다보지도 못하고 10여 분간을 커피잔만 들었다 놨다 한다. 맹희도 그리 적극적이지 않은 여자라 뭐 이런 사람이 있나 10분을 더 참다가 그만 가자고 일어났다.

여름에 폭풍이 몰아치듯 남자들을 만나고 다니다가 이제 독립할 준비를 해야겠다고 생각한 초가을에 그쪽 엄마의 부탁을 받은 이모로부터 연락이 왔다.

"맹희야, 전에 만났던 임상병리사 말이야. 한 번 더 만나 볼래? 그쪽 엄마가 너 아직이면 다시 보기를 원하는데."

"이모도 아시잖아요. 그날 어떻게 헤어졌는지. 도대체 남자다운 구석이라고는 찾을 수가 없으니."

"애는 착한가 봐. 부모가 돈이 있으니 뒷받침도 해 줄 거고."

"그게 문제가 아니라 남자가 마음에 들어야지요."

"엄마도 네가 자기 주장하며 살 편한 자리라고 하더라."

"알았어요. 한 번 더 본다고 결혼할 것도 아니니까 만나 볼게요."

선보기에 지쳤다고 소위 인류지대사를 가볍게 생각한 맹희는 눈보라 흩뿌리던 12월에 버진 로드를 걸었다. virgin rod, 말 그대로 순수한 몸으로 순수한 길을 걸어 순수하다는 남자의 손을 잡았다.

결혼하는 날 눈이 내리면 잘 산다는 속설을 억지로 갖다 붙이며 부부가 되니 1년도 안 되어 숨겨진 진실들이 하나씩 드러나기 시작했다. 결혼 선물로 준다고 말하던 아파트는 팔아버리고 S대 임상병리과 연구원이라던 남자는 K대 축산과 교수 밑에서 조교 겸 운전기사 하는 중이었고, 지나치게 아버지와 대화가 없다 했더니 아들을 가르치다 못해 포기하고 말을 끊은 지 6년이나 되었단다. 게다가 어머니와는 웃옷을 벗어 던지며 침을 뱉고 싸우는 대단한 집안의 장남이었다. 과묵하고 내성적인 남자는 착하지도 않았고, 그만의 독특한 정신세계에서 살고 있었다. 맹희와 사소한 말다툼이라도 하면 그 자리에서 자기 어머니에게 전화를 거는 것이 장기였다. 자기 일이 안 풀린다고 처가에서 돈을 가져오라든가, 이런 싸구려 장롱을 혼수라고 해왔냐고 타박을 해대니 B급 드라마를 보는 듯했다. 자식을 거의 안아 본 적이 없는 초등 교사 아버지와, 땅을 보러 다닌다고 자주 집을 비우는 어머니 대신 외할머니 손에 맡겨진 그 남자는 신줏단지 모시듯 하는 할머니의 과잉보호 속에서 안하무인으로 성장한 미성숙자였다. 이런 상황에도 윤 여사는 이미 엎질러진 물, 결혼을 물릴 수도 없고 모자라는 아들 키우는 셈 치고 잘 타이르고 참고 살라는 말만 하니 답답한 노릇이었다.

이런저런 상황을 알기도 전에 임신을 한 맹희는 아기의 존재를 부인하려고 해도 할 수가 없는 일이었다. 안정을 취한다는 이유로 친정에 머무르다 남자가 용서를 구하면 다시 들어가는 불안정한 생활을 반복했다. 수입은커녕 교수 뒤치다꺼리나 하며 오히려 자기 엄마 돈을 쓰고 다니는 남자를 믿고 어떻게 산단 말인가.

불안한 생활 속에서 딸을 낳았지만 남편이나 아빠로서의 자격이 안 되는 됨됨이와 앞날에 대한 불안감 때문에 더는 살 수가 없을 것 같았다.

평생을 같이할 수 없다는 맹희의 결심은 딸의 돌잔치를 며칠 앞두고 한 그의 말 때문에 확고해졌다.

"우리 집하고 그쪽 집하고 돌잔치는 따로 해. 우린 학자 집안이고 그 집은 버스장사꾼이라 그런 집안과는 같이 앉기 싫으니까."

부친이 초등학교 교사라는 자부심인지 운수업을 하는 맹희 아버지를 장사꾼으로 부르곤 했다. 언행을 그 수준으로 하면서도 여전히 맹희를 사랑한다며 자기만의 방식으로 사랑 타령을 하며 이혼은 절대로 안 된단다.

맹희가 이미 먹은 마음, 이혼을 안 해 준다면 나가는 수밖에, 돌도 안 된 딸을 안고 나가기로 했다. 맹희를 순순히 나가게 내버려 둘 그가 아니었다. 얼굴에 주먹을 날리며 아기를 빼앗았다.

맹희는 얼얼한 뺨을 어루만지며 다짐했다.

'그래, 맞고 끝내자. 아이는 언젠가 내가 데려간다.'

사이가 나빴던 모자도 이제는 여자를 괴롭히는 데 의기투합하여 엄마는 결혼할 때 다섯 세트를 했다고 생색을 내던 패물을 빼앗고 그 남자는 직장 동료들에게 무작위로 전화를 걸어 험담을 했다. 때로는 직접 찾아와 있는 말 없는 말 다 지어내서 고개를 못 들게 했다. 심지어 출근길에 아기를 안고 시위를 하여 사람들의 눈길을 끌기도 했다. 그런 수모를 꿋꿋이 견딘 어느 날, 엄마 없이 딸을 키우기 어려웠는지 맹희의 마음을 돌이키긴 어렵다고 생각했는지 친정에 데려다 놓았다. 얼마 지나지 않아 친정에서 조촐하게 돌잔치를 하고 사진을 찍어도 별 아쉬움이 없었다. 그 집에서 나오기를 잘했다는 안도감뿐이었다.

그러나 하루에도 수십 번 가족들에게 전화로 욕을 하며 괴롭히고 직장에 전화해서 망신을 주는 남자를 참는 것도 한계에 이르렀다. 맹희의 선택으로 자신이 받는 수모는 감수하겠지만 부모님을 욕되게 하는 것은 참을 수 없었다.

참담한 생활을 견디며 별거한 지 6년이 지나 맹희는 그 당시 승소율이 높다고 소문이 난 변호사에게 이혼 소송을 의뢰했다. 위자료 없이 딸 친권과 양육권만 갖게 해달라고 했는데 변호사는 상징적으로 위자료를 청구하라고 했다. 판사는 아무리 남편이 힘들게 했어도 여자가 친정을 오간 것도 잘못이라며 쌍방의 책임을 물어 위자료 없이 딸의 양육권과 친권만 가져오는 것으로 매듭을 지었다. 서로 잘못이 있으니 노력해서 다시 잘살아보라고 하지 않은 것이 천만다행이었다.

아이를 데려오면서도 양육비는 청구할 수가 없었다. 남자는 무일푼 상태였고 그 부모는 꽤 넉넉한 살림이었지만 손자의 양육비까지 대줄 만한 인심은 아니었기 때문이다. 이혼을 마무리한 맹희는 법의 위력에 새삼스럽게 놀랐다. 매일 수십 통의 협박 전화를 직장이고 가정이고 무차별로 해대던 남자가 소식을 딱 끊은 것이다. 하루가 멀다고 수시로 나타나 행패를 부리던 일도 없어졌으니 희한한 노릇이다. 이혼녀라는 딱지가 싫어서, 아빠 없는 자식을 키우기 싫어서 법적으로나마 관계를 유지하려고 온갖 수모를 견디며 미루었던 일이 이렇게 쉽게 끝날 줄 알았더라면 더 일찍 할 것을 그랬다.

맹희의 강한 외모 때문인지 미혼 때는 남자 동료들이 데이트를 청한다거나 거리를 걸어도 누가 따라오는 경우가 없었다. 그런데 이혼을 한 후부터는 주변에 남자들이 맹희에게 관심을 가지고 접근하는 일이 빈번했다. 나 이혼녀라고 대놓고 말하고 다닌 것도 아닌데 꾸미고 다니는 차림새며 자유분방한 말투가 혼자 사는 여자임을 암시하는 것 같았다. 상대방도 미혼이나 독신자라면 모르겠는데 유부남도 집적대니 남편 없이 혼자 산다고 얕보이는 것 같아 자존심이 상했다. 남자라는 것들이 결혼을 했으면 가정에 충실하고 아내에게나 사랑의 메시지를 보낼 것이지 임자 없는 여자 어찌어찌 해보려고 의미심장한 신호를 보내오곤 하니 한심하다. 언뜻 보거나 자세히 보거나 미인은 아닌 여자에게 끊임없이 남자가 구애를 하는 것을 보면 이상하기도 하다. 누가 예쁘다고 한 적도 없고 스스로 그렇게 생각한 적도 없어 더욱 그렇다. 눈썹을 솟구치며 양미간을 찌푸려도 괜찮다고 달려드는 사람들 때문에 자신이 대단한 미인이라도 된 것처럼 착각할 때가 있었으나 스스로를 담금질하며 견뎌내었다.

'맹꽁아, 정신 차려!'

그러나 마음 한구석에는 괜찮은 남자의 사랑을 부족함 없이 받아 보고 싶은 욕망이 있었나 보다. 뜻이 있는 곳에 길이 있고 맹희 있는 곳에 남자가 있나니, 문화센터에서 두 남자를 알게 되었다.

처음에 가까워진 사람은 영어 회화 강사였다. 미국 P 주립대에서 MBA 과정을 마치고 이곳으로 와서 교수 자리를 알아보는 중에 잠깐 회화를 가르친다는 것이다. 보통 키에 세련된 용모로 인상도 좋았다. 12년 남짓 미국에서 생활하여 능숙하고 막힘없이 영어를 구사하며 좌중을 압도하는데 그 매력에 빠지지 않을 수가 없었다. 나이도 맹희보다 세 살 위라 나이 차이도 적당하고 대화가 잘 통했다.

강의가 끝나면 수강생들과 모여서 차도 마셨지만 둘이 시간을 보내는 경우가 많았다. 그런데 시간이 갈수록 관계에 대해 회의를 느꼈다. MBA는 소위 말하는 신사도와는 거리가 멀었다. 차 문을 열어주는 것은 바라지 않았지만 12년 동안 외국 생활을 했다기에 같이 걸음을 맞추며 다정하게 걸으리라는 기대는 했는데 자기 혼자 서너 걸음씩 앞서 가거나, 버스를 탈 때는 저 혼자 냅다 타버리니 그 뒤를 쫄레쫄레 따라가는 마음은 민망하기 짝이 없었다. 언젠가 아이와 함께 그를 만나 놀이공원으로 놀러 갔을 때 혼잡한 인파 속에서 그를 놓친 적이 있었는데 멀리서 둘을 발견한 MBA가 모른 척하고 눈을 돌려버려서 30여 분을 헤매다가 만난 적도 있었다. 일부러 그런 것이 아니라는 그의 변명에 대놓고 뭐라고 할 수도 없고 자존심이 상해 돌아오는 길에 한마디도 하지 않았지만 속은 만 가지 생각으로 가득 찼다.

'우리가 부끄러운가? 아직 어리지만 딸을 보기도 민망하다. 이 사람은 나를 사랑하지 않는 것 같고 귀찮게 여기는구나. 이번도 헛일인가?'

영어 회화 수강 기간이 끝나고 송별의 시간이 다가오는데, 나이 어린 수강생들에게 누나 같았던 맹희는 송별을 겸하여 저녁 식사를 내기로 했다. 한 복학생에게 연락을 부탁하고 만나기로 한 장소에서 기다리는데 그가 혼자 나왔다. 누구는 연락이 안 되고 누구는 선약이 있다고 자기 혼자 나왔다는 것이다. 복학생이 일찌감치 여자를 마음에 두고 있었다는 증거이다.

앞에 앉은 귀공자처럼 해사한 용모에 듬직해 보이는 남자는 그저 같이 영어 회화를 수강한 청년에 불과했지만 딱히 이 남자를 물리칠 이유가 없었다. 어림짐작으로도 꽤 나이 차이가 나서 이성이라는 부담 없이 편안하게 대화가 이어졌다. 맹희가 남자의 심리를 알아보겠다며 MBA에 대한 이야기를 풀어놓기 시작했는데 복학생은 관심 있게 듣다가 맞장구를 치기 시작했다.

"남자가 여자를 위할 줄 모르나 봐요. 여자를 에스코트 해 줘야지. 먼저 가버리면안되죠."

"그러니까 나를 진심으로 좋아하지 않는 것 같지요?"

"정말로 좋아하면 그러겠어요? 그런 사람 왜 자꾸 만나요?"

그의 말이 맞다. 그런 사람 왜 자꾸 만날까? 이혼을 하기까지 6년을 넘게 시달렸던 일도 잊었는지, 이제 남자라면 신물이 날 만도 한데 말이다. 여자는 소위 '금방 사랑에 빠지는 사람'인지도 모른다.

오래전 친구들과 클럽에 갔을 때 단체로 왔던 일행의 남자가 맹희에게 다가와 춤을 청하면서 호감을 표한 적이 있었다. 키는 컸지만 얼굴은 그다지 잘 생겼다고 할 수 없는 그 남자, 능수능란한 입담으로 여자의 마음을 사로잡았으나 그뿐, 아무 진전도 없이 헤어졌다. 맹희는 그 남자가 계속 생각나자 의외의 적극성을 발휘하였다. 남자의 친구가 모처에 근무한다는 말을 기억하고 있다가 그곳을 찾아가지 않았던가. 이런 무모함은 가끔 화근을 만들어 내곤 했지만 이번엔 다행히 미수에 그쳤다. 그 친구라는 사람이 모종의 사건으로 쫓겨 다니기에 주소를 알려 줄 수 없다고 하면서 맹희를 한심하게 보는 바람에 그 남자에 대한 미련을 접을 수 있었다. 도망자도 가끔 클럽에서 기분전환을 하나 보다. 하마터면 도망자의 여자 친구가 될 뻔했다.

복학생에게 MBA에 대해 말하다 보니 일이 묘하게 돌아가는 것 같았다. 고민도 들어주고 분한 마음도 달래주며 풀어주니 맹희의 마음이 흔들리는 것이다. 그것은 맹희만이 아니었다. 복학생 역시 맹희의 마음을 받아 줄 준비를 하고 있었다. 그렇지만 아직 여자가 MBA를 정리하지 않았기에 그는 세 번째 만나는 날 말을 꺼냈다.

"이제 그런 사람 그만 만나고 나와 만나는 게 어때요?"

"……"

"사랑하지도 않는 그런 사람 만나지 말고 나랑 사귀자고요."

맹희는 그가 자신을 몰라도 한참 모른다고 생각했다. 대화가 통해서 서로의 마음에 든다고 다 사귈 수 없는 것 아닌가. 앞날이 창창한 25살 젊은이를, 얼마든지 젊고 예쁜 여자 만나서 행복하게 살 수 있는 사람을 자기의 이기심만으로 붙잡을 수는 없는 것이다. 결국 맹희는 말하기로 했다.

자신은 결혼을 한 적이 있고 딸 하나를 키우는 이혼녀이며, 더구나 나이가 33살이라고 이실직고를 하고야 말았다. 한순간 그는 충격을 받은 듯 침묵을 지켰다. 좀 나이가 많은 미혼인 줄 알았지 그 정도일 줄이야! 그가 나이에 비해 노숙해 보이고 아무리 여자가 젊어 보인다 해도 8년 차이를 무엇으로 없앤단 말인가? 더구나 그의 가족이 알게 되면 어떻게 받아들일까? 예상하지 못한 상황 앞에 남자는 할 말을 잊고 포옹으로 이별의 말을 대신하였다.

다음 날, 맹희는 복학생과 더 이상 만날 수 없게 되어 허전한 마음을 달래려고 백화점에 갔다가 그의 전화를 받았다.

"접니다."

"아, 어제 무척 놀랐죠? 충격적인 말을 들어서……"

"어제요? 무슨 일 있었나요?"

아무 일도 없었단다. 그러니 둘 사이는 변함이 없단다. 소위 과거가 있는 여자, 맹희의 말을 듣고 하루 동안 무슨 생각을 했을까? 무슨 결심을 했기에 아무렇지도 않게 어제 일에 대해 시치미를 떼는 것일까? 궁금하지만 물을 수 없는 일이고 그와 만나는 것이 좋았던 맹희도 '내일 일은 난 몰라요.' 그를 다시 만나기로 했다.

이제 MBA에게 이별을 통보하는 일만 남았다.

"저, 우리 그만 만나야겠어요."

"왜요?"

"당신은 저를 좋아하지 않는 것 같아요. 이제 그만 만나요."

"그래요. 혹시 누구 좋은 사람 생겼나요?"

"아……사실은 그래요. 나를 아껴주는 사람을 만났어요."

"내가 아는 사람인가요?"

"……아니요."

"알았어요. 행복하게 살아요."

"미안해요. 잘 지내세요."

뜻밖에도 MBA는 순순히 상황을 받아 들였다. 각오를 단단히 하고 꺼낸 말이 무색할 정도로 간단하게 끝났다. 붙잡지 않아 서운한 것인지 관계가 오래 못 가 아쉬운 것인지 쓸데없이 눈물이 난다.

'당신을 만날 때마다 늘 아쉬웠어요. 그리고 자신이 초라하게 느껴졌어요. 이렇게 떠나니 마음은 아프지만 우리 사이는 여기까지가 끝인가 봐요.'

남자를 위해 아낌없이 주었는데 최소한 보호해 주고 존중해 주기를 바란 것이 욕심이었을까? 아쉬움을 뒤로 하고 문을 나서는 여자의 뒷모습을 우두커니 바라보는 MBA는 그녀를 붙잡을 수가 없었다. 너무 갑작스런 일이기에, 좋은 사람이 생겼다기에……

맹희가 집에 도착하기까지 한 30분 지났을까, MBA에게 전화가 걸려왔다.

"난 이대로 헤어질 수 없어요. 당신이 가고 나시 옥상에 올라가서 한 30분 생각하니 도저히 당신을 보낼 수가 없었어요. 앞으로 잘 할게요. 동생이 여자에게 그렇게 하면 안 된다고 하더군요. 선물도 준비하라고……"

남자는 왜 여자의 가치를 뒤늦게 깨닫는 것일까? MBA는 돌이키려 했지만 이제 와서 선물 따위로 맹희 마음을 돌리기엔 이미 늦어버렸다. 그는 나중에도 몇 번 전화를 걸어왔다. 지방 국립대에 교수로 가게 됐다고 전하면서 다시 시작하면 안 되겠냐고 맹희의 마음을 흔들었지만 맹희 팔자에 교수 부인은 없는 거라고 수화기를 내려 놓았다.

옥석(玉石)을 분간하지 못한 MBA와의 관계를 청산한 맹희와 복학생은 8년의 나이 차이와 처한 상황을 무시하고 매일 매일을 즐겼다. 서로 눈에 콩깍지를 덮고 앞으로 일어날 골치 아픈 일들은 생각하지 않았다. 그는 건축학과를 졸업하고 대기업에 영업사원으로 취업을 했다. 입학 때 건축에 건자도 모르면서 어쩐지 멋있어 보여 건축과를 선택했다는데 약간 허영심이 있어 보이는 남자가 집안 형편 때문에 대출 받은 학비를 갚느라고 고생은 할 만큼 한 것 같다. 그가 영업은 회사의 꽃이라며 당당하게 내세울 때 그 자신감이 좋았다. 맹희 눈에는 오직 사랑뿐이니 인생의 쓴 맛을 아직 덜 본 모양이다. 직업이 있고 돈 쓸 일 없는 맹희는 사람만 좋다면 조건 따위는 따져 묻지 않았다. 물론 귀공자 같은 그의 외모가 한몫을 한 것은 부인할 수 없는 사실이다. 남자가 남을 설득하고 마음을 끄는 재주가 있어 빨리 넘어갔는지도 모른다. 맹희는 그를 볼 때마다 능란한 화술과 여자를 배려하는 세심함에 감탄해마지 않았다.

다시 1년이 지난 어느 날 맹희의 몸에 이상이 오기 시작했다. 속이 메슥거리고 입맛이 떨어지고 몸이 나른해지면서 자리에 눕는 일이 많았다. 감기 기운이라고 생각하면서도 혹시나 해서 약국에서 임신 진단 시약을 사서 검사를 하니 임신이었다. 사랑하는 사람의 아기를 가졌다는 기쁨도 잠시, 결혼도 하지 않은 상태에서 아기를 가졌다는 걱정이 떠나지 않았다. 그 역시 반기는 한편 근심이 스치는 얼굴이다. "조심한다고 했는데 왜 그렇게 됐지?"

그 까닭을 맹희도 알 리가 없다. 왜 그렇게 됐는지. 다만 사랑의 힘이라고나 해두자.

아직 부모님들은 둘 사이를 모르는 상태이다. 여자 쪽보다 남자가 문제였다. 한 집안의 장남이 애 딸린 이혼녀와 결혼한다고 하면 누가 지지를 해 줄까? 게다가 둘이 8년 연상연하라니, 연예인이 아니라도 구설수에 오를 일이다. 갈수록 태산이다. 남자가 쉽게 말을 꺼내지 못한 것도 이해가 간다. 맹희도 마음을 놓을 수가 없었다.

직장 동료들을 비롯한 몇몇 가까운 사람들은 이혼녀인 줄 아는데 몸태가 달라진다면 뭐라고 할까? 만날 때마다 결혼을 재촉을 할 수도 없고 참자니 답답하여 남자만 바라보며 눈물만 흘릴 수밖에 없었다. 둘의 눈이 촉촉해지면서 '이대로 헤어져야 아름다운 사랑일 텐데, 이루지 못할 사랑이라야 낭만적일 텐데' 생각일 뿐 이 난관을 슬기롭게 극복해야 했다. 맹희는 남자에게는 시간을 좀 주기로 하고 먼저 부모님에게 인사를 시켰다. 대학 시절부터 영업 전선에서 잔뼈가 굵은 그인지라 어른들 앞에서도 주눅 들지 않고 태도가 자연스러웠다.

"나이는 어리지만 사랑하게 됐습니다." 남자다웠다.

"행복하게 살겠습니다. 허락해 주십시오." 믿음직스럽다.

예민한 주리가 사는 법

맹희보다 8년이나 어리다고는 말하지 못했다. 5년을 깎아서 3년 연하라 해도 남자가 나이가 들어 보여서 의심하지 않았다. 남자가 돌아간 뒤에 어머니는 마음에 들어 어쩔 줄을 몰랐다. 그쪽에선 미친 여자겠지만 딸이 재주도 좋다고 생각했다.

"언감생심이지만 내가 얻고 싶은 사위가 저런 사람이다."

그는 고생과는 거리가 먼 것 같은 귀공자형 얼굴과 듬직한 체격, 유연한 태도로 어른들 마음까지도 홀려 놓았다.

여자가 먼저 부모님에게 인사시킨 후에도 그는 한참을 망설였다. 걱정도 안 되는지 맹희 앞에서는 항상 웃는 얼굴이다. 안 보이는 곳에서 전전반측 잠을 못 이루며 눈물을 흘리는지는 몰라도 내색을 하지 않고 싱글벙글 하니 맹희는 애가 타고 심장이 오그라드는 기분이다.

더 이상 여자를 울릴 수 없었던 남자가 뭇매를 맞을 각오로 여자를 대동하고 부모님을 만났다. 기막힌 사실을 고백하니 그 어머니는, 둘이 언제까지 갈 것 같으냐, 애를 유산시켜라, 어디서 애 딸린 여자가 총각을 넘보느냐고 드라마에나 나올 만한 막말을 해대고 그 아버지는 아무 말 없이 둘을 바라본다.

그 아버지는 배포가 크거나 심성이 지극히 착한 사람임에 틀림이 없다.

"오래 끌지 말고 결혼해라." 한마디로 이야기를 끝내 버렸다.

나이가 많든지, 이혼녀든지, 전 남편의 애가 딸렸든지 간에 자신의 손자를 잉태한 여자를 내칠 수가 없었던 것이다.

그 다음에 만난 그의 여동생은 둘을 보자 눈시울을 붉힌다. 오빠에게 어울리는 여자를 본 기쁨의 표현으로 잠시 오해를 할 수도 있다. 그러나 실상은 집안의 기둥인 오빠를 위해서 공부를 제일 잘 했던 자신이 야간 대학을 택해 주경야독을 했는데 연상의 애 딸린 이혼녀를 새언니라고 데리고 나왔으니 오빠를 위해 희생했던 자신의 처지가 억울하고 오빠가 한심해 보였으리라. 시누이 자리가 그러거나 말거나 봉주리는 이미 양가 어른들의 허락을 받았기에 결혼식은 아기를 낳은 후에 하기로 하고 결혼 신고부터 하기로 했다. 구청에 가서 신고를 하는데 직원이 맹희와 남자를 번갈아 쳐다본다. 신분증도 자세히 뚫어지게 확인한다. 그런다고 철회할 사람들이 아니라 당당하게 신청을 하는데 맹희는 신고서류에 적는 '직전혼인해소일' 때문에 남자에게 미안했다. 직전혼인은 깨끗이 청산했으니 이 사람과 행복하게 살리라. 전처럼 1년도 안 되어, 속았네 못 살겠네 이런 말은 안 하고 살리라. 이제 법적으로 한 남자의 아내가 된 맹희는 "이제 난 몸만 가면 되지?"라고 너스레를 떠는 남자를 보면서도 마냥 행복에 취했다. 미인은 지갑을 가지고 다니지 않는다는 말은 들었어도 젊은 남자랍시고 말하는 모양새가 누가 보더라도 고개를 저을 만한데 맹희만 모른다. 순진한 것인지, 멍

청한 것인지……

결혼 신고를 하고 얼마 지나지 않아 맹희는 근무 중에 한 통의 전화를 받았다. 묘령의 여자인 상대방은 맹희인 것을 확인하자마자 그 남자가 어떤 사람인 줄은 아느냐고 묻는 것이다.

"누구신데 그런 말을 하시죠?"

"그건 알 것 없고, 연하남이랑 결혼하니 좋아요?"

"누군지 밝히지도 않고 무례하게 무슨 짓입니까?"

"애인 버리고 간 남자하고 얼마나 잘 사는지 두고 보자고요!"

맹희는 더 이상 듣고 싶지 않아 끊고 나니 기분이 무척 나빴다. 영화에서나 봤지 실제로 겪으니 황당한 일이었다. 흥분을 가라앉히고 퇴근을 기다려 낮에 있었던 일을 전하니 아무 일도 아니라고 그런 일 없다고 말하는 남자를 믿었다. 이제 와서 믿지 않으면 뭘 어떻게 하겠는가? 결혼 전에 사귀었던 여자를 버리고 온 것이 사실이라 해도 어쩔 수가 없다.

'사람은 대개 정신없이 결혼하기 때문에 그 결과로 일생 후회를 한다.'고 누군가 말했다. 그 여자의 전화사건이 심상치 않은 앞날을 예고하는 줄을 사랑에 취한 맹희가 어찌 알았겠는가?

그는 정말 숟가락 하나도 들고 오지 않았고, 집을 얻을 때도, 가구를 살 때도 모두 맹희가 모두 부담했지만 처음부터 물질적인 것이 문제가 된 것은 아니었다.

맹희는 결혼을 하면서 큰애를 데려 오지 못했다. 아니 데려 오지 않았다는 것이 맞다. 전 남편의 아이만은 용납할 수 없다는 시부모의 생각에 따라 그 역시 꺼려하는 눈치라 맹희도 강하게 주장할 수 없었다. 친정부모도 손녀보다는 딸이 잘 사는 것이 우선이라 데려가는 것에 반대를 했다. 손녀로 인해 행여나 딸의 재혼 생활이 순탄치 않을까 염려가 되었기 때문이다. 맹희와 남자의 이기심은 어린 딸이 받을 상처 따위는 중요하지 않았던 것일까. 친정집 옆에 살림집을 얻었지만 그것이 맹희가 딸을 버린 것에 면죄부가 될 수는 없었다. 수시로 드나들며 엄마의 도리를 하려고 애썼다. 그러나 남자와의 결혼 생활이 순탄치 않을 때마다 딸을 버리고 혼자 잘 살겠다고 사랑타령을 한 자신이 벌을 받는 것이라 생각하기도 했다.

얼마 지나지 않아 맹희는 아들을 낳았다. 결혼 전에 이 아이가 생기지 않았더라면 결혼을 안 했을지도 모를 일이다. 시부모 앞에서 수모를 받으며 눈물을 흘리지 않아도 되었을 것이다. 출산 후 쉬는 두 달을 빼고는 아이를 친정에게 맡기고 직장에 다녔다. 그러면서 아침저녁으로 친정 출입이 잦아졌고 남자는 외롭다는 사치스러운 핑계를 대며 가정에 소홀해지기 시작했다.

○○년 ○월 ○일

그가 요즘 많이 늦는다. 연 3일 동안 새벽에 들어 왔다. 왜 늦었냐고 해도 회식이 있었다고 별 말을 안 한다. 그는 결혼 전과 너무 많이 달라졌다. 손에 물 한 방울 안 묻히게 해주겠다는 상투적인 말은 믿지 않았지만 매일 늦게 들어 와서 마음을 아프게 한다. 주말에도 나가서 늦게 들어오니 애를 혼자 보기가 힘들다. 어느 회사원의 아내가 부럽다. "회사는 당신을 얼마든지 버릴 수 있으나 가정과 아내는 당신을 해고하지 않는다. 회사가 중요한가, 가정이 중요한가?" 사람들은 가정을 생각하고 아내를 배려하는 말과 행동을 하면 좀스럽고 성공하지 못하는 남자로 치부한다. 우리만의 문제가 아니라 우리 사회 전체가 문제다.

그가 있는데도 혼자 다 해야 하는 심리적 부담감과 육체적인 고달픔……그는 젊지만 사고방식이 젊지 않다. 모든 가정일은 내가 할 일, 아이 보는 것도 내 일, 그는 집안 청소도 한 적이 없다. 애쓰는 사람 뒤에서 행동이 늦다고 타박이다. 그런 사람이라고 포기하고 내가 변해야 하나. 아직 그를 사랑한다. 이 사랑이 환멸로 변해 버리면 어쩌나. 대화가 단절 되면 어쩌나. 사랑하기 때문에 더욱 슬프고 두렵다. 말수는 적어지고 의무감만 남겠지. 눈 맞춤도 적어지고 냉기만이 감돌겠지.

연애 하던 시절에 남자는 결혼을 앞두고 신경정신과 문턱에까지 갔다가 돌아섰다는 이야기를 한 적이 있다. 이제는 맹희가 그곳에 가야 할 것 같다. 맹희가 생각한 결혼은 이런 것이 아니었다. 전 남자와는 다를 거라고, 힘들게 결혼했으니 누구보다 행복하게 잘 살 것이라 생각했다. 그가 결혼하고 얼마 안 되어 다른 직장으로 옮긴 뒤에 한 푼도 가져다주는 일 없어도 오히려 손 내밀지 않는 것만 해도 다행이라며 덮어두고 있는 맹희였다. 돈은 벌고 있는지, 월급은 타고 있는지, 가슴 속에는 묵직한 불안감이 자리 잡고 있었지만 그것으로 남편에 대한 근본적인 사랑이 흔들리지는 않았다. 늦게 들어와도 영업직이라 회식 자리가 많겠거니 마음 편히 생각했다.

어느 날 일찍 퇴근해서 보니 컴퓨터에 그의 이메일이 열려 있고 남편은 나가고 없다. 닫으려다가 호기심에 열어 보니 여자들과 주고받은 메일이었다. 모두 세 여자다. 특히 한 여자와는 꽤 오래 되었는지 다른 여자들에 비해 대화의 수위가 높았다. 몇 번 만나기도 한 것 같았다. 맹희가 받은 충격은 말할 수 없이 컸다. 어렵게 결혼했는데 그의 배신에 눈앞이 캄캄해지고 갑자기 어린 아들의 얼굴이 떠올랐다. 자기는 다음으로 치더라도 둘이 그토록 사랑해서 낳은 아들을 둔 아빠가 그럴 수는 없다고, 도저히 이해할 수가 없었다.

현명한 여자라면 모른 척하고 넘어 갔을까, 넌지시 돌려서 물어 봤을까, 한 번은 용서해 줄까? 그 후로도 두 번 더 메일을 열어 놓고 나갔다. 한두 번은 실수로 그럴 수 있다지만 세 번씩이나 내밀한 편지를 보인 것은 이해할 수가 없다. 맹희로서는 일부러 보게 해서 스스로 물러나 주기를 바란 것이라고 생각할 수밖에 없었다. 남편은 유부녀였던 상대방만 마음을 결정한다면 언제라도 가정이고 아이고 내팽개칠 각오가 되어 있었다. 여우에 홀린 멍텅구리……

그래도 '멍텅구리'라 불리는 물고기는 자신의 영역에서 암컷을 맞이하고 알을 지킨다는데, 울타리도 되어주지 못하는 남자를 수없이 이해하고 체념하면서 두 번이나 실패할 수 없어 마음을 다스렸다. 아들이 아빠의 키를 넘도록 아직은 때가 안 됐다고, 크게 한건 터지기를 바라는 남자의 허세와 무책임도 지나치려고 했다.

그러나 맹희가 끝까지 못 참은 것은 철든 아들이 한 말 때문이다.

"엄마는 왜 저런 사람이랑 살아?"

"우리 아빠는 왜 다른 아빠들처럼 돈을 벌어오지 않아? 수업 시간에 직업과 경제활동에 대해 공부하는데 갑자기 아빠가 생각나서 속으로 울었어."

"접수 번호 8번 들어오세요."

들고 있던 흰 종이를 확인한 여자는 남자를 앞세우며 협의이혼 확인실로 들어간다. 15년의 결혼 생활이 5분 남짓 판사의 몇 마디와 서류 몇 장으로 끝났다.

남자와 너무 오래 살았다.

큰길로 나서자 거리에 차량들이 하나둘씩 불을 켜고 이쪽을 바라보고 있다. 걷는 사람들의 시선도 따갑게 느껴진다. 서울 ○○지방법원

간판과 두 사람을 번갈아 보고 있는 것 같다.

"저녁 먹고 갈까?"

남자가 어색함을 감추려는 듯 말했다.

"그냥 갈래."

여자는 남자와 헤어져 돌아오는 길에 숫자를 센다. 지하도 계단을 오르면서 세었는데, 내려가면서 다시 잊어버리고 '하나, 둘, 셋……'

집 현관을 들어서자 센서가 놀라듯 켜진다. 여자는 어두운 거실에 불을 켜고 내일 아침에 입을 노란 원피스를 생각한다.

낙타와 개구리

M은 누구를 만날 때면 나를 종종 불러낸다.

오늘도 같이 볼 사람이 있다고 삼성동 사무실 근처로 오란다. 내가 저처럼 사업하는 사람도 아닌데 소개해 준다는 사람이 뭐 그리 많은지 모르겠다.

공무원인 내가 M이 속한 모임에 나가는 건 흑요석 가운데 백수정 하나가 박힌 격이다. 모두 검은 양복 아니면 회색 양복을 차려입고 무슨 비밀결사대 같은 표정으로 앉아 있다가 흰색 블라우스에 연보라색 치마를 입은 내가 나타나면 만면에 화색이 돌면서 손을 내민다.

연장자라도 여자에게는 먼저 악수를 청하지 않는다는 예의를 모르는 건지 알아도 모른 척하는지 알 수가 없다. 손을 내미는데 거부할 수가 없어 마지못해 만면에 미소를 띠지만 손이고 마음이고 개운하지 않다.

모임 구성원이 거의 사업가라고 소개하면서 나에게 들어오라고 하는 건 무슨 이유인가.

"공무원들은 뭘 재미로 사니? 더구나 너는 집 아니면 구청 아니냐?"

"돈 모으는 재미로 산다. 혼자 살면 돈이 좀 있어야 돼."

이 어리석은 이혼녀, 싱글녀는 이 사회에 돈 냄새를 기막히게 잘 맡는 사기꾼들이 얼마나 많은지 잘 모른다.

"니가 아직 남자를 모르는구나. 남자들에게 행여 돈 있다는 티는 내지 말아라."

외로운 독신녀가 돈 냄새 맡고 찾아오는 독신남을 기대하는 것이 아니고, 돈이라도 없으면 사람들에게 무시당할까 일부러 그러는 것을 누가 알랴.

"오늘 만날 사람은 우리 회사 회장인데 곧 우리 모임에 들어올 사람이야. 너도 알아 두면 좋을 것 같아서."

알아 두면 뭐가 좋을까. 친구는 M 하나로 족하다. 동성 간에 친구가 성립하냐고 토를 달면 할 말이 없으나 신부님이 되려다 만 M을 존중

하기로 한 지 10년이 넘었다.

전 남편과 헤어질 때도 자문을 구했고, 아파트를 구입할 때도 도움을 구했다.

어려움이 있을 때마다 잡학 사전 같은 그에게 도움을 청하면 어려운 일도 술술 풀리고 해결이 되니 그를 신뢰하지 않을 수가 없다. 아마도 그를 애인으로 삼았다면 오래 가지 못했을 것이다. 신부가 되려다 만 사람이라 그런지 철통같은 방어를 하지 않아도 자연스럽게 선이 그어졌다.

만나기로 한 노천카페에 앉아서 조금 기다리니 M이 어슬렁거리며 다가온다. 번번이 내가 먼저 가서 기다리는 것이 이상하지 않다. 다가오는 나를 바라보는 그를 보는 것보다 내가 먼저 가서 바라보는 것이 낫다고 생각하기에. 큰 키에 점점 말라가는 것 같다. 자신을 단련하기 위해 여름에는 에어컨도 없는 방에 선풍기도 안 틀고, 겨울에는 보일러 켜지 않고 냉방에서 잔다고 한다. 아침에는 부산에서 어머니가 보내준 미숫가루를 타 먹고 점심은 밖에서 해결하거나 저녁 정도는 굶는다고 하니 살이 빠질 수밖에 없다. 그대로 식생활을 실천한다면 날씬한 몸매를 유지할 텐데 그래도 술은 거르지 않아 배만 나왔다고 자랑을 한다.

조금 있으니 한 남자가 흐느적흐느적 뮤직비디오의 흑인 가수처럼 거들먹거리며 오는데 뒤로 넘어간 넓은 이마를 옆머리로 힘겹게 가리고 굵은 줄무늬가 있는 양복을 싱글로 쫙 빼입은 차림이다. 옆에 무릎 위로 올라간 빨간 치마를 입고 초록색 블라우스를 입은 여자를 대동하고 온다. 옷차림이 정신이 없다. 보색대비를 극대화한 차림새이다.

보아하니 아담하고 통통한 그 여자는 비서인 듯한데 보글보글하고 뽀얀 피부가 가려서 그렇지 성질깨나 부릴 것 같은 여걸이다.

인사하는 나를 위아래로 훑어보는 눈빛이 '어디서 굴러먹던 개뼈다귀냐'고 하는 것 같다. 남자는 회장님이라고 하니 자회사를 몇 개나 거느린 그룹의 총수 같은데 보기는 건달의 보스 느낌이 난다. 이목구비는 잘생긴 말상인데 조금 숱이 부족한 머리에, 앉아 있는 태도와 굵은 줄무늬 양복이 영 신사답지 않아 보인다. 짙은 경상도 사투리를 툭툭 던지는 것이 나는 상남자일세 하는 듯하다. 굵직한 이목구비에 눈썹은 진하고 속눈썹은 음영을 드리울 만큼 길다. 머리카락으로 가야 할 영양분이 눈썹으로 다 몰린 것 같아 안타까울 지경이다.

길기를 휘날리는 잘생긴 수말 같은 인상이 아마도 처용의 후예가 아닐까 한다.

순두부찌개를 잘하는 곳이 있다고 하여 자리를 옮겼다. 방석이 깔린 좌식 식당은 불편해서 싫은데 굳이 입식 테이블을 거부하고 내실로 들어가 앉으려는 회장님.

식사를 하기 전 여걸은 회장이 벗어 놓은 줄무늬 싱글 윗도리를 집더니 그대로 자신의 드러난 다리를 덮는다. 한두 번 해본 행동이 아닌 것처럼 꽤 자연스럽다. 그런 모습을 보니 둘 사이가 상사와 부하 직원 같지가 않다. 회장인 줄무늬싱글이 얕보였거나 비서인 여걸이 예의가 없거나 둘 중의 하나다. 아니면 둘의 관계가 그렇고 그렇거나.

처음 보는 사람에게, 또 언제 볼지 모르는 사람이라 다음을 기약할 수도 없는데 내 식사비까지 내게 할 때는 난감하다. 그런데 오늘은 식사비를 지불한 사람은 없었고 주인은 자연스럽게 장부에 기입을 한다.

식사를 마친 후에 사무실에 가서 차를 마시기로 했다. 젊은 직원이 셋 있는 자그마한 회사인데 회장이라고 부르는 것이 이상하다. M에게는 대표님이라고 한다. 앳된 여직원이 커피를 놓고 나간 후 정좌한 회장 좌우로 M과 내가 앉아 있는데 여걸이 들어와서 회장 의자 등받이에 놓여 있던 페이즐리 무늬의 윗도리를 걸치고 나간다. 여자 것인지 남자 것인지 알 수가 없다. 어찌 보면 그 여자가 회장 위에 있는 것 같기도 하다.

회장과 M이 사업 얘기를 하는 동안 나는 하릴없이 벽을 보고 있으려니 뉴스에 자주 나오는 정치인과 악수를 나누며 웃는 사진이 있다. 대통령과도 같이 찍은 사진이 있다. 합성이 아니라면 권력의 힘을 알고 사업에 이용하는 사람인가 보다. 나 같은 말단 공무원이 오호! 하고 바라보게 된다.

LED 조명에 관한 내용이 실린 일간지 광고와 연구실과 공장에서 생산하는 과정을 보여주는 사진도 걸려 있다. 대만과 기술 제휴하여 친환경 어쩌고 하는 내용도 있는 것을 보니 사업에 관심도 없고 M 외에는 사업가와 연관된 적이 없는 나는 뭔지 모르지만 거창한 일을 벌이고 있는 회사라고 짐작을 할 뿐이다.

다음을 기약하며 남자들이 하는 대로 악수를 하는데 이 회장이라는 남자의 손이 놀랍도록 부드럽다. 막노동을 하지 않은 바에야 남자들 손이 집안일과 같은 막일을 하는 여자들 손보다 부드러운 줄은 알았지만 이 남자의 손은 오리털처럼 부드럽다.

머리카락 몇 올 남겨진 머리와는 전혀 다른 느낌에 흠칫 놀라는데 회장은 만나서 반가웠다며 내 성격이 서글서글하니 인상도 좋다고 한다. 인상이 좋아진 지는 얼마 안 된다. 이혼하기 전에 전 남편과의 불화로 늘 찡그리고 다녔지만 업무 볼 때는 친절하게 하느라고 했다. 그런데 웬 이상한 민원인이 말투와 표정이 마음에 안 든다고 조언해 주고 가니 신경이 쓰였다. 매일 아침 거울을 보며 입꼬리를 올렸다 내리고 있지도 않은 눈웃음을 억지로 만들어 눈꼬리에 삼족오의 흔적을 남겼다.

말투로는 '~입니다' 대신에 '~이에요'를 계속 써서 인상 좋은 공무원이란 평을 듣기 시작했다.

"얌마, 이렇게 좋은 친구 있으면 진즉에 소개해 주지 뭐 했냐?"

M과는 허물없는 무척 친한 사이 같다.

"그럴 기회가 없어서……"

"몇 번 오라고는 했는데 차일피일 미루다 마침 오늘 시간이 맞아서 왔어요."

내가 한마디 거들었다.

"앞으로 자주 놀러 오세요."

"바쁘게 일하는 회사에 자주 올 일이 있나요?"

"M 보러 자주 오세요. 그리고 저도 만나시고……하하하."

고위직 공무원도 아닌 내가 비즈니스 관계도 아니고 자주 만날 일이 뭐가 있나 싶다.

회장은 명함을 주면서 명함이 없냐고 한다. 그런 것 없다고 하니 연락처를 적어 달라고 한다. M에게 물어보면 알 텐데 굳이 묻는 이유를 알지 못하지만 말 안하는 것도 이상해 적어 주었다. 보통 여자들은 처음 보는 사람이 전화번호를 물어보면 경계를 한다는데 굳이 그럴 필요가 있나 생각한다. 뭐 그리 대단한 일이라고, 친구의 선배일 뿐인데.

잠시 후 회장의 배웅을 받으며 문을 나서는데 그가 보이지 않자 M이 목소리를 낮춘다.

"저 회장 조심해야 돼. 아는 여자가 한두 명이 아니야."

"그래? 어쩐지 품격은 없는데 거친 남자의 매력 같은 게 있어. 머리숱만 좀 있으면 더 매력적이겠다. 하하하."

"어라? 조심하라니까!"

"알았다, 알았어. 근데 왜 소개를 하고 그래?"

"가끔 네 얘기 하니까 한번 데려와 보라고 해서……"

"내 얘기를 남에게 왜 해?"

"성별을 떠나서 내게 손꼽히는 친구라고 했지."

"호기심을 자아낼 만하네."

그리고 일주일이 지나 M으로부터 연락이 왔다.

"회장이 너 마음에 들었나 봐. 또 보고 싶다는데."

"뭐야. 신입사원 채용 면접도 아니고. 왜 또 보자니?"

"왜 진작 소개해 주지 않았냐고 뭐라고 하던데."

"참나, 나 보고 싶다는 사람도 다 있네."

"왜 그러셔. 겸손하게시리."

"회장님이고 사장님이고 관심 없고 너나 보러 가야겠다."

"그래, 이따 저녁 7시에 회사로 나와."

두 번째 보는 사람들이라 더 친숙하게 인사를 나누고 근처 식당으로 자리를 옮겼다. 이번에는 부대찌개를 먹었다. 전부터 이상하게 생각한 것은 식사비를 지불하는 대신 장부에 적힌 회사 이름 아래 금액과 인원을 적는 것이었다.

M에게 넌지시 물어보았다.

"왜 식비를 안 내고 장부에 적어?"

"응, 월말에 한번에 정산하는 거야."

월말에 한꺼번에 정산한다니 구내식당처럼 전적으로 이용하는 식당인가 보다. 그러고 보니 월말이 다가온다.

회장이 커피를 산다고 해서 근처 카페로 자리를 옮겼다. 차를 마시던 회장이 잠깐 화장실에 간 사이에 M이 주저하는 태도로 말을 꺼낸다.

"저, 나 돈 좀 빌려줘라."

"얼마를?"

"한 500만 원만. 한 달만 쓰고 줄게."

"사업한다는 사람이 500만 원도 없어?"

"우리 일이 그래. 들어올 때 막 들어오고 나갈 때 정신없이 나가."

"알았어. 내일 계좌로 송금해 줄게."

"고맙다. 친구야."

500만 원이 없어 빌리는 친구에게 돈을 어디에 쓰는지 묻는 것은 서로 민망하고 빌리는 이유에 변명을 다는 것도 궁색한 일이다. M과 나는 그럴 사이도 아니고 돈 빌려달라는 것도 어렵지 않게 하는 말이다. 처음에는 어쭈! 이제 돈까지 빌려달라네 했지만 친구를 믿지 않으면 누구를 믿는단 말인가.

그러는 사이에 나타난 회장이 나타나 우리 자리로 오지 않고 옆자리에 앉아서 가만히 듣고 있다. 눈치 99단인 내가 짐작하건대 그 돈은 M이 필요한 것이 아니라 회장이 필요한 것 같다. 친구와 회장의 관계가 의심스럽다. 어쨌든 한 달만 쓰고 준다니 믿어 보자. 그 돈으로 그들과 갔던 식당의 밀린 외상값 정도는 갚을 수 있었겠다.

어릴 때 읽던 '아라비안나이트', 어른이 된 뒤에도 기억에 남는 이야기들이 많았다.

사막을 가던 낙타가 날이 저물어 추워지자 주인에게 코만 천막에 넣고 자게 해달라고 부탁한다. 별 것 아니라 주인은 낙타의 말을 들어 준다. 잠시 후 낙타는 천막 안에 목까지 집어넣고 자게 해달라고 간청한다. 낙타는 점점 강도가 높은 부탁을 해서 결국 텐트에서 자게 된다는 것이다. 눈썹이 길고 순하게 생긴 낙타에게 그런 영민한 말재주가 있을 줄이야!

소액에서 시작된 그들의 부탁은 낙타처럼 한 걸음 한 걸음 나의 영역을 침범하기 시작했다. 한 달 뒤에 돈을 돌려받았는지 기억이 나지 않는다. 친구 사이에 차용증 같은 것은 쓰지도 않았다. 그리고 얼마 후에 M이 투자 자문회사를 차린다고 친지들을 모아 투자를 받았다. 유동자산 관리사라고도 했다.

조그만 회사에 회장이 있지 않나 문어발도 아니고 자회사가 몇 개인지 모르겠다.

6명이 적게는 1,000만 원에서 많게는 3,000만 원을 투자하였다. 나는 쩨쩨하게 1,000만 원 투자는 안 한다. 적어도 투자라면 3,000 정도는 되어야 낯이 서지.

먼저 투자한 사람의 면면을 보면 대형병원에서 20년 넘게 근무한 수간호사, 국책 연구소 임원, 건축연구소장, 귀금속 가공업자, 화장품 수입업자, 전국 단위 영업부장 등 수입이 일정한 사람도 있지만 들쭉날쭉한 사람도 있다. 나처럼, 돈을 벌 욕심이 전혀 없다고는 말 못하지만 평소에 M과 친하게 지내던 사람들이라 부탁을 뿌리치지 못해 피 같은 돈을 투자한 사람들일 것이다. 친밀함을 내세워 시시비비를 잘 따지지 않는 사람들만을 모아 투자를 종용한 것 같다. 그래도 나만큼 맹목적 투자를, 아니 투자라고 할 수 없는 친밀감의 표현으로 거금 3,000만 원을 투척한 사람이 있는지는 모르겠다.

그러고도 회사가 잘 운영되고 있는지 묻지도 않았고 알려 주지도 않았다. 그러면서도 회사가 잘 되면 주주들에게 중형차 한 대씩 뽑아 준다고 큰소리치기에 내심 기대를 했다. 그러나 몇 년이 지나도록 중형차는커녕 경차 구경도 못 했다.

기다리다 못해 마침 차를 바꿀 때가 되어 흰색 중형차를 뽑아 운전을 하고 가니 검은색으로 사지 그랬느냐고 아쉬워한다. 무슨 상관이람? 그러더니 며칠 후에 외국에서 온 손님을 대접할 일이 있다고 빌려 달라고 한다. 그러면 그렇지.

"뭐래? 그 위용을 자랑하는 상위 1%만 탄다는 체어맨은 어디다 두고?"

"그거 원래 내 차 아니야. 주인 줬어."

"왜 헤어지니 차도 가져갔어? 그 여자 못 됐네. 한번 준 걸 왜 뺏어?"

"인천 공항으로 마중 나가야 되는데 차가 없네."

"렌트해. 차와 마누라는 내주지 않는다는 말도 못 들었냐."

"안 되겠지. 난 요새 버스에 서서 내려다보면 자가용을 운전하며 앉아가는 사람들이 그렇게 부러울 수가 없어."

"아이고, 네가 어쩌다가 이렇게 됐냐? 주주들에게 중형차 사준다고 하더니……"

"미안하다. 특히 너한테. 사람들은 내 능력이면 어디 가서든 환영일 텐데 왜 그렇게 사냐고 하지만 나만 바라보시는 어머니나 너처럼 좋은 사람들에게 진 빚을 갚으려면 월급쟁이로는 어림도 없어. 내 사업을 일으켜야 돼."

"네가 하는 일이 들어도 뭔지 모르지만 5년 내내 빛을 못 보니 안타깝다. 나도 나지만 다른 사람들 투자금 달라고 독촉하지 않니?"

"몇 사람 있긴 있지만……나중에 말해 줄게."

나중에 말해 준다며 입을 닫는다. 며칠 후 대강 들은 이야기로는 수간호사 남편이 회사로 찾아와서 행패를 부렸다고 한다. 성과가 안 나니 투자금을 회수하겠다는 정당한 요구도 남편을 동원해서 큰소리를 내면 행패가 되는 것이다. 내 투자금에 비하면 반도 안 되는 돈이지만 오죽하면 그럴까 딱하기도 하다. 결국 어디 가서 또 손을 빌릴 수밖에 없는 M을 더 걱정하는 내가 오지랖이 넓긴 넓다.

　동원할 남편도, 애인도 없는 나는 줄 테면 주고 말 테면 말라고 마음 좋은 여자처럼 기다릴 수밖에 없다.

　"안녕하세요? 저 마 회장입니다."

　"아, 안녕하세요? 전에 식사 대접 잘 받았습니다."

　"뭘 그런 거 가지고……"

　"아니에요. 맛있었어요."

　"그래서 이번에는 더 맛있는 음식을 대접하려구요."

　"예? 그러시지 않아도 되는데……"

　"내일 저녁 괜찮으십니까?"

　"아직 일은 없는데, M도 나오는 거죠?"

　"그닐 M은 출장이라 없어요. 왜 그 친구 없으면 서운한가요?"

　"그게 아니라……"

　"다음에 같이 만나고 이번에는 둘만 만나지요."

　"걔가 알면 뭐라고 할 텐데……"

예민한 주리가 사는 법

나도 M 눈치를 보게 된다.

그는 아파트 입구로 와서 전화를 했다.

짙은 청색 양복에 자주색 넥타이를 매고 같은 색 행커치프를 한 그가 차문을 열어 주기 위해 검은색 벤츠에서 내리는 모습을 보니 영국 신사가 따로 없었다. 머리숱이 조금 아쉬웠지만 그의 화려한 용모가 돋보였다. 약속이나 한 것처럼 나 역시 흰 블라우스에 푸른색 계통의 A라인 치마를 떨쳐입었다. 블라우스에 프릴이 없었다면 단정한 사무직원처럼 보였을 것이다. 마치 그의 청색 양복에 맞추어 입은 듯했다.

"허, 오늘 나와 비슷한 색상 옷을 입으셨네요. 하하하."

"전에도 옷차림이 범상치 않았는데 역시 기대를 저버리지 않으시는군요."

"아이고, 별 말씀을……오늘 어디로 모실지 궁금하지 않으세요?"

"글쎄요?"

"영화제 초대장이 있어요."

"영화제요?"

"장충동 국립극장에서 하는데 아는 후배가 영화기획사에 있어서 주더군요."

"영화제는 처음이에요. 방송으로 보기만 했지."

생전 처음 영화제 초대라니 다소 기대감에 들떴다.

일찍 온 덕에 사회를 보는 여배우와 로비에서 사진을 찍을 수 있었고 비교적 앞자리에 앉을 수 있었다. 가까이서 본 여배우들은, 보기 좋게 비췄던 화면 속과는 달리 불면 날아갈 것 같고, 쥐면 부러질 것 같은 몸매의 소유자가 대부분이었다. 하나같이 가늘고 길었다. 저런 몸으로 어떻게 사는지 걱정이 될 정도다. 젊은 남자 배우들도 마찬가지로 대부분 길고 가늘었다. 화면은 실제보다 1.5배나 확장돼 보인다고 하는데 저런 몸매를 유지하기 위해 얼마나 힘들게 노력을 했나 짐작이 간다. 한참을 두리번거리며 배우들을 감상하고 있는데 영화기획사에서 일한다는 후배라는 사람이 와서 인사를 한다. 배우들을 빼면 영화계 사람들도 다 일반인처럼 소박하고 평범하다. 오히려 차려입고 온 우리가 유난스러워 보였다.

"역시 배우들은 화려하지요!"

"회장님도 젊었을 때는 장동건 못지않은 미남이었을 것 같아요."

"좀 그런 소리를 들었지요. 배우가 되라는 말도 들었지만 끼가 없어서 안 했어요."

"사업하실 때 외모가 도움이 되긴 하시겠어요."

예민한 주리가 사는 법

"그렇게 생각하십니까? 하하하. 좀 그렇지요. 하하하."

영화제 중 음료와 간식이 제공되긴 했지만 회장의 배를 불리기에는 부족했는지 회사 근처에 근사한 스페인 레스토랑이 있다고 한다. 그러면서 사족을 붙인다. M에게는 얘기하지 말라고. 남에게 푼돈이나 빌리는 처지에 비싼 음식을 먹으러 다닌다고 타박을 들어서일까, 무슨 큰 비밀이나 된 듯.

그 레스토랑은 전에도 가 본 적이 있다. 중요한 모임이 있어 장소를 찾다가 분위기도 좋고 음식도 맛있다고 추천을 받아서 갔던 곳이다. 서비스하는 매니저도 중후한 신사여서 더 품격이 느껴졌다. 투우사의 망토 같이 붉은색 체크무늬 테이블보가 인상적이었는데 스테이크 요리가 꽤 비쌌다. 특별한 날이 아니면 쉽게 오지 못할 곳이다.

익지 않거나 완숙이거나 쇠고기를 좋아하지 않는 나는 반을 덜어 회장에게 주었다. 마다하지 않고 반갑게 받아먹는 회장의 모습은 결코 세련되지 않았다. 후루룩 스프를 마시는 모습이나 쩝쩝 고기를 먹는 모습이, 속으로 계산하지 않는 느낌의 언행이 마음의 경계를 풀게 한다. 전에 두 번째 본 여자에게 후배를 시켜 돈을 빌려 달라던 것도 넉살인지 최소한의 부끄러움인지 모르지만 그조차 소탈하게 느껴진다. 내게 500만 원을 빌린, 벤츠를 타고 다니는 남자는 무척 순박해 보인다.

강인해 보이는 외모와는 달리 언젠가 회사에 있다가 갑자기 쓰러져

병원에 입원했다고 한다. 검사한 결과 협심증이 있다는 진단을 받았다며 심해지면 수술해야 하니 술과 담배를 끊으라고 했다는 것이다. 어렵게 담배를 끊고도 평생 저단위 아스피린 복용이 좋다고 하니 미국에 다녀온 동생이 가져온 아스피린을 챙겨줘야겠다.

점점 거부감이 없어진다. 처음 볼 때 약간 건달기 있는 모습이 싫었는데 경상도 사투리를 다듬어지지 않은 말투로 마구 내뱉는 것이 꾸밈이 없는 자연인이다. 차려입은 양복과는 상반된 언행에 호감도가 급상승한다. 뭔가 기분 좋은 일이 생길 것 같다. 끝을 짐작할 수 없는 일이 슬슬 내게 다가오는 것 같다.

정신을 차리고 싶지 않다.

냄비에 담겨 서서히 몸이 따끈해지는 기분에 스르르 눈을 감고 종말이 다가오는 것을 모르는 개구리처럼.

회장은 다시 다짐을 준다. M에게 절대 말하지 말라고.

예민한 주리가 사는 법

문제적 여자의 검은 옷

옷장에는 검은 옷 일색이다.

내가 검은 옷을 원래 좋아한 것은 아니다.

검은 고양이, 검은 까마귀, 검은 리본 등 연상되는 단어들이 모두 음산해서 싫었다. 옷장이 검은 옷들로 채워지기 시작한 것은 혼자 살기 시작한 이후부터인 것 같다. 누군가에게 혼자 사는 여자들이 검은 옷을 좋아한다고 들은 후에 거리에 다닐 때마다 여자들의 옷차림을 눈여겨보기 시작했다.

저 여자도 혼자 사네, 저 여자도.....마음대로 판단하니 그런 것 같기도 하다.

개성이 있는 것 같기도 하고 개성이 없는 것 같기도 하다. 눈에 띄기도 하고 무리에 묻혀 시선이 안 가기도 한다. 그러고 보니 아주 나이

든 여자들은 검은 옷을 즐겨입지 않는 것 같다. 돌아가신 엄마도 그랬다. 연분홍 아니면 연하늘색이었다. 특히 할머니들 웃옷에서 검은색을 찾기는 쉽지 않다. 주름진 얼굴과 어두운 낯빛을 도드라지게 하기 때문일 것이다.

어쨌든 검은색은 참으로 편리한 색이다. 특히 조문하러 갈 때 선택하게 되지만 결혼식에 갈 때도 잘 골라 입으면 세련된 차림으로 변하게 된다. 살이 붙었어도 적당히 가려주는 검은색 옷을 선호한 지 오래라 구석에 오래된 하늘색 원피스가 어색하다.

오늘도 검은색으로 입어야겠다. Y도 검은색 옷이 잘 어울린다고 했다.

매일 보고 싶으니 만나자는 간단한 내용을 하루라도 못 보면 눈에 곱이 낀다는 우습지도 않은 문자를 보내는 그가 싫지는 않은가 보다.

웃기는 남자라고 피식거리면서도 전날부터 이 옷 저 옷 몸에 대보며 옷걸이에 죽 걸고 시간을 보내고 있으니 말이다.

30대 미시들이 입는 허리가 들어가고 무릎 바로 위까지 올라간 아랫단과 소매에 레이스가 달린 원피스를 입으니 더 젊어 보이는 것 같다. 옷뿐이겠는가. 서른 살이 넘어서면서부터 여자들이 흔히 하는 짧은 머리보다 긴 생머리나 구불구불한 긴 파마머리를 고수하고 있다. 아무리 발악을 해도 막 50을 넘긴 여자를 곱게 봐줄 리 만무지만 덕분에 나이보다 7, 8년은 젊어 보인다는 말을 듣는 것이 싫지 않다.

치마 길이가 더 올라가면 좋았을 걸, 아쉬움이 있지만 나만 젊어 보이면 무슨 소용인가, Y는 동갑임에도 나보다 더 나이 들어 보이니 말이다.

나 정도는 못 따라와도 웬만큼 꾸미고 다니면 안 되는지 서울 근교 개발지에 속한 땅을 보상받아서 수십 억대 졸부가 됐는데도 수수하다 못해 촌스럽다.

오늘도 역시 후배가 운전하는 검은색 대형세단을 타고 왔다.

아파트 앞에 차를 대며 기사처럼 문을 열어주는 후배에게 인사를 하니 Y는 반갑다고 손을 내민다. 요즘 서울에서 개나 소나 다 타는 BMW, 벤츠 살 형편은 되지만 오로지 우리나라 사람은 국산 차를 타야 한다고 열변을 토하며 국산 차 중에서 가장 비싼 차를 타고 여기저기 놀러 다닌다. 그러나 운전을 못 하는 그는 오늘도 젊은 후배에게 운전을 시키며 전속기사 부리듯 한다. 젊다고 해봤자 낼모레면 50줄에 접어들 사람이다.

운전을 못 하는 그에게 전담 기사가 있느냐니까 없단다. 있는 사람이 더 지독하다고 기사까지 필요 없고, 갈 데가 있으면 주로 동네 후배들에게 부탁해서 간다고 한다. 수고비라도 주냐고 했더니 밥이나 한번 사주면 되지 쓸데없이 돈은 왜 쓰냐고 한다. 스크루지, 수전노.

보상금을 받고 Y에게서 탈출을 벼르고 있던 아내에게 한몫 떼주고 이혼한 그는 헤어지고 나니 가장 아쉬운 것이 운전이란다. 줄곧 아내가 운전을 해왔기에 이제 운전할 사람이 없어졌기 때문이다.

내가 부업으로 주말마다 기사 노릇이나 할까. 4전 5기의 전적을 쌓으며 면허 시험에 합격하고 남들은 많아야 10시간이면 충분한 도로 연수를 20시간 한 경력이다.

운전한 지도 20년이 넘으니 운전 하나는 자신 있어 어디 돈 많은 사장님 기사 노릇을 하려고 했는데 잘 됐다.

Y는 후배를 시켜 미사리에 있는 라이브카페 '열애'로 모신다고 한다. 미사리 카페촌도 예전만 못하다. 그 많던 라이브카페들은 이제 몇몇 유명한 곳들만 명맥을 유지하고 있다.

몇 안 되는 카페 주차장마다 자리 잡은 큰 차, 작은 차, 국산 차, 수입차……

토요일 저녁이라 카페 안 자리가 거의 찼다.

우리가 주차장에서 본, 야리야리한 몸매에 자신 있게 가죽 바지를 입고 가죽 부츠를 신은 당당한 여자가 바로 윤시내였다. 작은 사람이라도 자신에 어울리는 차림으로 개성 있게 입고 당당한 자세를 보일 때 보기가 좋다.

저 작은 몸에서 느껴지는 자신감과 열정이 부럽다. 일찍 자리를 잡은 덕에 가까이에서 보니 무대 위 가수들의 숨소리까지 들린다.

예민한 주리가 사는 법

왕년에는 유명세를 타며 몸이 모자랄 정도로 방송가를 동분서주하던 인기가수들이 이제는 아이돌 가수들에 밀려 라이브 카페나 지방 행사에 얼굴을 내밀며 가수의 연을 이어가고 있는 모습이 안타깝다.

그러나 노래는 역시 '올디스 밧 구디스(Oldies But Goodies)!

나 역시 옛 노래가 좋다. 중고등학교 시절에 팝송으로 영어를 공부하던 기억이 새삼스럽다.

유명 가수들의 순서가 끝나고 무명 가수들이 신청곡을 받는다고 해서 'Stand By Your Man'을 신청해 듣고 나니 가슴이 둥둥 울린다.

허스키한 목소리의 원곡보다 비교적 맑은 음색의 남자가 기타를 연주해 부르는데도 느낌은 좋았다.

'비록 그 사람을 이해하기 어렵더라도 그 사람의 곁에서 항상 힘이 돼 주세요.

당신이 줄 수 있는 모든 사랑을 베풀며 그 남자의 곁에서 힘이 돼 주세요.'

한 곡이 끝나자 그는 화장실에 가고 후배가 물었다.

"저 형님 어디가 좋아서 만나시는 거예요?"

예상치도 못한 질문이다.

"호탕하게 잘 웃고, 편하기도 하고요. 하하"

엉겁결에 농담 섞어 답을 하고 나니 그런 표현밖에 못 하나 후회가 된다.

외모를 보면 이목구비가 서글서글하니 호남형이긴 하지만 얼굴에 살이 붙어 호감이 반감되는데 두꺼비상이라 목이 짧고 키도 크지 않다. 몸집이 있어 작게 보이지 않을 뿐. 손꼽히는 재벌 회장이 저런 인상이라고 하고 재복이 있는 상이라고 하니 맞는 것도 같다.

그는 이혼하면서 아내에게 재산을 반이 넘게 넘겨주긴 했지만 신도시 30평대 아파트에 살면서 5층짜리 건물도 소유하고 월세를 받는다고 하니 재복이 있긴 있나 보다. 아버지에게 물려받은 땅이 개발지로 지정되어 보상금을 어마어마하게 받았다고 대놓고 자랑을 했다.

Y에 대한 후배의 질문은 돈 많으니 만나는 것 아니냐는 뜻일지도 모른다.

어느 정도는 맞는 말이다.

50을 넘긴 내가 남자에게 바랄 것이 무엇이 있겠는가.

외모, 성격, 건강, 경제력, 사랑 등 여러 조건 중에서 우선 손꼽는 것은 경제력이다.

이 나이에 결혼을 할 것도 아닌데 외모와 사랑이 뭐 그리 중요할까.

주위에 들끓는 남자 중에 하필이면 경제력 없는 남자들만 골라 사귀다가 길게 생각하지도 않고 외모가 출중한 한 남자를 선택했다.

그때는 사랑이라고 생각했지만 진정한 사랑이라면 어떤 어려움이 있어도 오래 참고 극복하며 살았을 텐데 하나를 보면 열을 안다고 경제적으로 무능한 사람이 못난 남자들 하는 짓은 다 하고 다니는 것에 더는 참지 못했다.

결국은 성격 차이라는 무난한 명목으로 헤어지고 말았다.

경제적인 이유로 야기된 성격 차이가 그럴듯하다. 그래도 체면을 차리고 싶어 총체적인 사유 중에 하나를 고른다는 것이 어려워 결국은 대다수가 속한 통계의 오류에 일조한 셈이다.

혼자 지내면 지냈지 이제 내 지갑에서 돈을 꺼내게 하는 잘생긴 남자는 만나고 싶지 않다.

운전하는 옆에서 손이나 잡아 주면서 운전하는 모습이 매력적이라는 헛소리에도 지쳤다. 얼굴이 말상이건 두꺼비상이건 외모를 따지지 않으려 한다.

개인적 경험상 얼굴값, 꼴값을 한다는 말대로 외모 반듯한 남자치고 마무리가 잘 된 사람이 없었다.

이제 외모는 그다지 중요하지 않다.

아무리 두꺼비상이라 해도 대중가요 가사대로 한 번 보고 두 번 보면 자꾸만 보고 싶어지지 않을까.

Y를 처음 만난 곳은 유머 강의하는 곳이었다.

퇴근해서 집으로 들어가면 웬만해서 두문불출하는 내게 친구가 재미있는 강의가 있다고 했다.

각계 전문분야의 명사가 하는 강의가 있다고 불러내도 책에 다 있다고 나가지 않았지만 유머는 책보다 직접 들어야 재미있을 것 같아서 기꺼이 나갔다.

맨 앞자리에 앉아 있는데 곧 두 남자가 우리 바로 뒷자리에 자리 잡았다.

여자들이 많은 자리에 '남자들도 이런 곳에 오는구나.' 생각하며 강사의 지시에 따라 옆자리와 앞뒤로 인사를 나누었다.

유머 강사의 말에 두 남자가 얼마나 크게 웃는지 귀가 울릴 만큼 시끄러워서 뒤를 돌아보니 커다란 눈에 목이 짧은 사람이 박장대소를 하며 웃고 있었다.

처음 만났지만 어색하지 않게 강사가 진행하는 대로 일어나서 게임노 하고 노래를 하다가 친해졌다.

휴식 시간에 차를 마시다가 그 사람의 제의로 넷이서 끝나고 저녁을 먹으러 가기로 했다. 원래 날것을 좋아하지 않지만 세 사람이 좋다는데 어쩌랴, 횟집에서 한 상을 받아 맛있게 먹고 나오니 후배가 미리 나가 식사비를 지불하고 있었다. 돈 많은 선배가 있는데 후배가 지갑을 열었다는 것이 이상했지만 내가 내지 않을 바에야 모른 척하는 것이 예의다. 그보다는 남자 둘이 버티고 있는데 여자가 지갑을 꺼내는 것이 남자에 대한 예의가 아니라는 생각이다.

얼마 전까지 돈 없는 남자 때문에 내가 지갑을 꺼내 지불하는 것이 익숙한 나머지 신물이 날 지경이었고, 나는 언제쯤 남자가 신사도를 발휘하여 문 열어주며 극진히 모시는 차에 타보고, 언제나 지갑을 꺼내는 그를 보며 미안해하지 않고 식당 문을 열고 나설까 생각했는데, 이제 편하게 커피도 얻어 마셨다.

늘 마음에 새기던 말, 세상에 공짜가 없다는 말을 잠시 잊은 것 같다.

헤어질 때 연락처를 물어보는데 안 봐도 그만이지만 그까짓 거 뭐 대수냐는 생각에 가볍게 번호를 가르쳐 주었다. 다음에 만날 때는 내가 내리라는 생각도 없지 않다.

남에게 아무 이유 없이 대접을 받으면 내내 갚아야지 하는 부담을 느낀다.

남들처럼 뻔뻔하게 또는 마음 편하게 더불어 기대며 살자는 마음이 생기지 않는다.

얼마 전에 직장 동료가 자기가 아는 오빠가 있는데 같이 만나서 밥 먹자는 말을 거절했다. 왜, 아무 이유 없이 모르는 사람에게 밥을 얻어 먹을까?

여자들이 쓸데없이 몰려다니며 남자 지갑이나 터는 것 같아서 싫다.

그 만남 이후로 그로부터 전화는 하루에 한 번, 문자는 끼니때마다 한 번씩 세 번이 온다. 젊지도 않은 나이에 대단한 열정이라고 생각하지만 상대를 봐가며 해야지 나는 이미 이성이고 동성이고 간에 냉정과 이성을 견지하는 요즘이다.

한때 여러 가지로 매력 있는 남자를 친구로 두면 좋겠다고 생각한 적은 있지만 마음뿐이고 그 이후에 따라올 복잡한 일들을 생각하니 더 진전은 어려웠다.

반평생의 경험상 남자에게 모든 것을 거는 것은 어리석은 일이란 것을 깨달았다. 달걀뿐 아니라 내 마음과 상대방 마음을 한 바구니에 담았다가 왈그락 달그락 깨질 수 있기 때문이다.

가수들의 노래만 듣는 라이브 카페를 나오니 뭔가 아쉬움이 남는지 직접 노래를 부를 수 있는 라이브 카페가 있다고 해서 자리를 옮겼다. 시니 테이블에 자리 잡은 사람들이 번갈아 올라가 마이크를 잡는다.

같이 온 여자에게 과시를 하고 싶은 마음인지 호기롭게 올라가는 모습에 기대를 했는데 악만 쓰다가 내려온다. 귀를 막고 싶었지만 예의가 아니기에 참았다. 남자의 허세는 노래라도 예외가 없다.

Y가 더는 못 들어 주겠다며 후배와 눈짓을 주고받더니 후배가 자리를 박차고 나가서 마이크를 뺏듯이 넘겨받아 부르는데 이건 뭐 아예 가수다.

트로트를 메들리로 불러 젖히며 흥에 겨워 올라가다 꺾고, 꺾다가 또 간드러지게 뽑아낸다.

계속 감탄하고 듣고 있자니 이 후배가 트로트를 부르는 가수란다. 방송에서는 본 적이 없다고 하니 대중적으로 알려지지는 않았지만 나름 가수협회 소속으로 회비도 내고 있고 가끔 지방 행사도 뛰는 대중가요 가수란다.

뒤를 이어 선배도 후배 못지않은 솜씨를 발휘했지만 역시 가수는 못 따라가는 것 같다. 차로 돌아와 노래 솜씨에 감탄했다고 찬사를 늘어놓자 후배가 주섬주섬 사인을 한 CD를 건넨다.

유명이거나 무명이나 자기 이름으로 예술적인 결과물을 내는 것이 부럽다.

한때 모아 두었던 몇몇 연예인이나 운동선수들로부터 받은 사인은 지금은 다 어디 있나 모르겠다. 사인을 받았다고 법석을 떨며 자랑하던 때는 언제고 간 곳을 모르니 나이가 들긴 들었나 보다.

대중가수라는 노래 잘 부르는 사람이 선배 운전이나 해 주고 있으니 참 안 됐다.

"이렇게 훌륭하신 가수에게 운전이나 시키고 문제가 있지 않나요?"

"문제는 무슨 문제. 시간이 나니 하는 거지."

"그럼요. 저도 지방에 행사 나가면 못해요."

"그래서 말인데요. 제가 운전하면 안 될까요?"

"여자가요? 어찌 감히 여자에게 운전대를 맡깁니까?"

"그렇지요. 제가 깜빡 잊었네요. 제가 운전하는 차에 남자를 태우지 않겠다는 것을."

돌아오는 길에 올림픽대로가 무척 막히니 뒷자리에 앉아 거들먹거리며 더 막히지 않은 길로 안 갔다고 타박이다.

후배는 아무 불평 없이 자신의 노래를 틀어주며 끝까지 선배에 대한 예의를 지킨다. 선배가 전속기사 취급을 하는데도 하루 이틀이 아니라 단련이 된 듯 담담하다.

선배는 무료했는지 콧노래를 흥얼거리더니 팔짱을 낀다.

팔꿈치가 자꾸 내 가슴께를 향하는 것 같아 창밖을 보는 척하면서 미세한 동작으로 방향을 틀었다. 남자라는 족속들은 여자만 보면 자연스럽게 손이나 팔이 동작을 시작하나 보다.

전혀 그러지 않을 것 같은 신사 같은 양반도 옆자리에 앉는 순간 팔이 옆구리를 향하거나 허벅지에 접근하곤 한다. 그와의 거리가 주먹만큼 벌어지자 갑자기 내 무릎을 꽉 움켜쥐며 자기 쪽으로 돌려놓는다.

"아야! 왜 이러세요?"

"자꾸 떨어지려고 하니까 그러지. 정답게 무릎도 붙이고 가자구 좀."

"차 안이라 답답한데 붙어 있으려니 더 답답해요. 저리 좀 가세요."

내 말이 떨어지자 큰 눈을 부릅뜨더니 갑자기 손을 잡는다. 이제는 무릎 정도 붙이는 것이 문제가 아니다. 거부할 사이도 없이 갑자기 손등에다 입을 맞춘다.

이게 무슨 짓! 순간 놀랐지만 화들짝 하는 것도 어른답지 않아서 가만히 손을 빼면서 슬쩍 옷에 문질러 남겨 놓은 흔적을 지웠다.

사랑한다면 무슨 애정 표현인들 못 할까마는 싫지 않은 정도의 호감을 가지고 있을 뿐인데 차에 후배가 뻔히 보고 듣고 있는 차 안에서 그의 행동은 내게 혐오를 불러 일으켰다.

놀라는 나는 안중에도 없고 한술 더 떠서 나보고 입을 맞추라고 한다.

그야말로 처음으로 하얀 운동화 신고 나가서 똥 밟은 기분이다.

자꾸 조르는 통에 후배 보기도 민망하여 손만 잡으면 안 되겠냐고 하니

"우리가 애들인가? 손만 잡게."

정말 기분 나쁘다는 표정이다.

"아니 몇 번이나 만났다고, 손잡기도 이른데……"

어이가 없다.

입술에 키스는 전혀 사랑하지 않는 상황에서 절대로 할 수 없다.

손등에 키스는 헤어지는 게 아쉬울 때 한다는데 지금 당장이라도 너와 헤어지고 싶다.

목이 짧고 눈이 부리부리한 남자가 키스를 안 해 준다고 단단히 화가 나 있다.

헤어질 때 헤어지더라도 기분 상하지 않으려고 그의 두툼한 손을 잡으며 무리해서 애교를 부려 본다.

"아이, 화났어요? 나중에 해 줄게요. 여기서 창피하게 어떻게……"

"이상하시네. 키스 한번 해달라는데 그걸 못 해줘요?"

"이상한 사람은 당신이죠. 싫다는 사람에게……"

정색을 하고 보채는 것을 싸늘하게 거절하니 더는 조르지 않는다.

거울에 비치는 후배의 얼굴은 웃는 것 같기도 하고 찡그린 것 같기도 하다. 저런 것을 형님이라고 섬기고 다니는 것이 한심하다고 하는 표정 같기도 하다. 남자들의 의리는 어떤 추한 것이라도 덮어 주는지 몰라도 여자들 같으면 어림도 없다.

운전하는 사람이 만약 내 친구라면, 같은 여자라면 당장 그를 차들이 질주하는 올림픽대로 위에 내려놓겠다고 엄포를 놓았을 일이다. 저런 사람의 기사 노릇을 하려고 했으니 생각만 해도 목덜미가 서늘해 온다.

왜 나이 들어 만나도 남자와 여자는 서로 더듬어야 하고 설레야 하는지 모르겠다.눈만 마주쳐도 불꽃이 튀던 20대가 아닌데 말이다. 서로의 관심사를 조곤조곤 이야기 하고 들어주며, 따뜻하게 미소 짓다가 가끔은 폭소도 터뜨리며 그윽하게 바라보다 지금 이 순간 행복하다고 느끼는 것이 그렇게 어려울까.

집에 도착하기까지 30여 분을 둘이 한마디 없이 앉아 있었다. 집 앞에 이르러 후배에게 인사를 하고 내리니 그가 따라 내리려 한다.

나는 이미 끝났는데 뭐하려고, 기사도라도 발휘하려고?

"내리지 마세요. 괜찮아요."

"아니, 앞에 타려고."

차가 떠나기 전에 창문을 내리고 한마디 던지고 간다.

"이제 다신 연락 안 할 거요!"

이하동문이올시다.

스스로 생각해도 경박한 나보다 더 참을 수 없이 가벼운 그에게 미련을 버리고 일주일쯤 지나자 문자가 쏟아졌다.

"잘 지냈어요?"

"오늘은 꽃향기가 코를 간질이는구려. 뭐 하삼?"

"먼저 전화하면 손가락이 어떻게 된답디까?"

"나이도 먹을 만큼 먹었는데 밀당은 불필요한 거 아니오?"

"참 재미없는 인생을 사시네."

"우리 인생이 얼마나 남았다고 그렇게 재고 따지고 하는 거요?"

"그 나이 먹고 순진한 척은……당신 남자관계에 문제 있는 거 아니야?"

순진한 척 한 적은 없지만 남자관계에 문제가 많은 건 사실인지도 모른다. 문제 있는 남자만 나를 좋아했기 때문이다.

나를 좋아하던 남자, 불현듯 떠오른 사람이 있다.

30대를 갓 넘어 학교에 근무할 때였다.

그는 야구 선수 같은 체격에 어울리지 않게 수줍음을 많이 타고 내성적인 성격이었다. 그렇다고 부서원들과 담을 쌓고 살지는 않아 대화를 조용히 듣는 편이었다. 나는 옆에 앉아 그와 이야기할 시간이 많았다. 포크와 스푼 세트를 선물 받았는데 자기는 쓸 일이 없다고 준 일도 있다. 손잡이는 거북이 모양에 금색으로 도금이 되어 있어 쓰기에 아까워 아직도 잘 간직하고 있다.

한번은 어깨 부분과 허리 부분이 레이스로 된 민소매 니트 원피스를 입고 왔을 때 허리 부분이 벌어져 꿰매느라고 카디건을 벗고 맨살을 드러내었다. 그때 눈을 바로 뜨지 못하고 눈부시다는 시늉으로 웃긴 일이 있었다. 나도 장난기가 발동하여 계속 카디건을 벗고 있겠다고 하자 손을 내저으며 만류하는 모습에 마주 보며 폭소를 터뜨리기도 하였다. 그리고 K가 말했다.

"검은색은 작고 마른 사람이 입으면 더욱 왜소해 보이고 초라해 보이지만 선생님처럼 적당히 마르고 키 큰 사람이 입으면 도시적인 세련미가 느껴지는 색이죠.

차분해 보이면서도 편하고 격식이 있는 자리에서는 품격이 느껴지고 때로는 그 사람만의 개성이 잘 살아나죠. 잘 어울릴 때는 신비감마저 주는 색이지요.

선생님은 검은 옷이 참 잘 어울려요."

당시 남편과 이혼하고 누가 알까 두려워 전전긍긍하고 있을 때인데 소문은 알지 못하는 사이에 퍼져 여러 사람의 귀에 들어가게 되었다. 부서 회식을 하다가 내가 일찍 자리를 뜬 사이에 부장이 쓸데없는 소리를 했나 보다.

부장은 50이 넘은 나이에 젊은 후배들 데리고 할 말 못 할 말 가리지 않았다.

"봉 선생 이혼한 사실 알고 있어요? 1년도 못 살고 헤어졌나 봐요. 젊은 나이에."

"자리에 없는 사람 얘기는 하지 맙시다."

단호하게 부장의 말을 막은 사람은 K였다. 그 얘기를 다른 사람으로부터 전해 듣고 직접 고마움을 표하지는 않았지만 늘 고마운 사람으로 새겨지게 되었다.

K는 알게 모르게 늘 다른 사람보다 더 친절하게 대했다. 이혼한 여자라는 연민의 정 때문인지도 모르지만 그조차도 고마웠다.

그때 건너편에서 늘 그런 모습을 지켜보는 동료가 있었다. 나보다 한 살이 많은 H는 계속 언제 커피 한 잔만 하자고 보채는 중이었다. 커피 한 잔이 술이 될 수도 있는 일이라 경계를 하고 있는데 둘이 싫으면 K도 같이 하자고 하는 것이다. 나는 K와 함께라면 좋다고 허락하고 말았다.

커피 대신에 저녁을 먹은 후 셋이라 안심하고 와인 바에 갔다. 평소에 H가 잘 가는 곳인지 자기가 마시던 와인을 달라고 했다. 술이라고는 입에도 못 대던 나는 분위기에 취해 한 잔을 받아 놓고 내내 입만 적시고 있었다.

그때 두어 잔 마신 K가 말을 꺼냈다.

"선배님은 봉 선생님을 어떻게 생각하세요?"

"어떻게 생각하긴, 좋게 생각하지."

"그게 아니고 여자로서 호감을 가지고 있냐는 말입니다."

"물론이지. 봉 선생님을 싫어할 남자가 어디 있어? 자네도 좋아하잖아?"

"선배님으로 좋아하는 것이지 이성으로서는 아닙니다."

"어, 봉 선생님 서운하게 무슨 말을 그렇게 하나?"

"아이고, 서운하긴요. 멋진 후배가 과분하게 대해줘서 고맙지요."

"누님, 누님이라고 불러도 되죠? 누님이 행복하게 살지 못하고 헤어진 이후 내 마음이 얼마나 쓰라린지 모르실 겁니다."

"아니, 자네가 뭔데 누님이야? 그리고 마음이 쓰라려? 왜?"

"들어 보세요. 선배님, 전 누님을 좋아합니다. 누님이 형님이라도 좋아했을 겁니다."

K는 취기가 오르자 말문이 터져 다른 사람이 된 것처럼 호기롭게 말을 했다.

"사람들이 누님이 이혼했다, 헤어졌다, 무슨 흠이 있기에……. 이럴 때마다 내가 대변하지 못해서 미안합니다."

"아니, 이 사람이! 누가 누구를 대변해? 둘이 무슨 사이야?"

"아무 사이도 아닙니다. 진짜 누님과 동생도 아니고, 연인 사이도, 아무 사이도 아니란 말입니다. 그래서 더 속상합니다."

"벌써 취했나? 그만해."

"누님이 속사정을 말하지는 않았지만 저는 늘 누님 표정을 살피고 있었어요. 오늘은 어떤 표정으로 들어오나, 오늘은 밝은색일까, 어두운색일까? 그러면서 넌지시 말을 걸면 그때야 누님의 기분을 확인할 수 있죠. 오늘은 괜찮구나."

"이 사람 안 되겠네. 봉 선생님 스토커잖아!"

예민한 주리가 사는 법

"하하하, 그랬어? 그렇게까지는 몰랐네."

나는 K의 말을 듣고 웃어넘겼지만 남이 듣기에는 의심할 만하다. H는 K에게 질세라 공격을 한다.

"자네는 유부남이고 신혼 아니야. 결혼한 지 1년도 안 된 새신 랑이 부끄럽지도 않아? 집에 있는 부인 생각을 해."

"그러니까 더 속상하다고요."

"자네는 이제 가정에 충실하고 내게 바통을 넘기라고."

"아니, 내가 바통이에요? 바통 터치……."

"봉 선생님, 그런 뜻이 아니라는 것 알죠?"

"선배님, 저에게 누님은 영원한 누님입니다. 누님 이상도 이하 도 아닌……."

"알았어. 자넨 앞으로도 누님으로 잘 섬기라고. 난 애인으로 섬길 테니까."

"전 누님은 좋은데 애인은 사양할래요. 남자라면 신물이 나요."

"신물 안 넘어오게 해 줄게요. 단물만 어때?"

"선배님, 말씀 가려서 하세요!"

"뭐 어때, 달콤하고 행복하게 해 준다니까."

"누님은 제가 지키겠습니다. 선배님은 제가 좀 살펴봐야겠습니다."

"뭘 살펴? 서글서글 성격 좋지, 잘 생겼지, 건강하지, 여자에게 인기 많지. 아, 이건 아니고."

"선배님은 말 많은 게 문제, 말로만 다 해결하려는 게……."

"아, 이 사람이 나를 잘 모르네. 알았어. 두고 보라고. 내가 봉 선생님에게 어떻게 하는지를."

그날 이후로 H는 자주 나타나서 말을 걸었다. H는 자기 말대로 서글서글한 성격에 체격도 좋은 체육 교사였다. 농구 선수를 하다가 뒤늦게 임용고시를 준비하여 재수 끝에 합격하여 교사가 되었다. 시원한 성격에 선후배를 가리지 않아 다들 좋아하고 잘 어울렸다. H가 입담으로 마음을 얻고 있는 사이에도 K는 어디서 선물이 들어오면 꼭 나에게 넘겨주었다. 말로는 쓸 데가 없어서라고 하지만 생각하는 마음이 없다면 못하는 일이다. 꼭 쓸모 있는 물건이 아니지만 K의 마음 씀씀이가 고마웠다. H는 후배에게 어떻게 하는지 보라고 큰소리를 쳐놓고는 입 하나 가지고 내 곁을 맴돌았다. 물질은 마음의 표현이라고 하면 속물이라고 치부하겠지만 마음이 움직이지 않고 물질이 어찌 전해질까?

퇴근을 하고 오면 전화를 해서 못 다한 이야기를 풀어 놓았다.

"봉 선생님, 오늘 나 괜찮았죠?"

안부를 묻는 것이 아니라 자신이 어떻게 보였나 궁금한가 보다.

"괜찮았어요. 초록색 줄무늬 넥타이에 회색 양복이 잘 어울렸어요. 그런데 왜 운동복을 안 입어요, 체육 선생님이?"

"운동은 학생들이 하지 내가 하는 게 아니니까. 하하하."

"하긴. 그래도 가끔 시범은 보여야 하잖아요?"

"숙달된 조교를 잘 뽑아놔서 괜찮아요. 재미없으니 딴 얘기해요."

"재미있는 얘기라면? 선생님 얘기?"

"이제 나를 어느 정도 아시네."

"양복도 좋았지만 오늘 일 어땠냐고요."

"교무실에서 큰 소리를 내는 것이 좋지는 않겠지만 그렇다고 무조건 참는 것도 능사는 아니라고 봐요. 그 선생님이 자기 반 애라고 무조건 감싼 것에 화가 나신 거잖아요."

"난 아무리 내가 맡은 아이라 해도 그렇게는 안 합니다."

"그러시겠지요. 늘 공명정대하시니까. 재미없으니 딴 얘기해요."

"하하하, 우리 얘기?"

"선생님은 제가 뭐가 좋다고 자꾸 관심을 가지세요?"

"좋은데 이유가 있습니까, 그냥 좋은 거지."

"전 이혼도 했고, 남들이 보기에 선생님과 어울리는 게 주제넘어 보이기도 하고……."

"그래요. 봉 선생님은 이혼녀고 난 숫총각입니다. 그래서요?"

"그 회귀하다는 숫총각 맞아요?"

"하하하, 못 당하겠네. 이제 시작합시다. 새 인생을."

"제 인생을 이혼 후부터 새롭게 시작하는 건 맞는데 남의 인생까지 끼워 넣고 싶지 않아요."

"남이라면 나? 나도 한번 갔다가 올까요? 봉 선생님처럼."

"자신 있다면. 한번 갔다 오는 게 쉬운 줄 아세요? 가는 건 쉬운데 다시 나오는 건 어려워요. 제가 잘못된 선택으로부터 빠져나오는데 5년이 걸렸어요. 이건 아니라고 해도 놔주지 않아 5년 동안 시달렸어요. 그나마 1년도 못 가 깨달은 것이 다행이었죠."

"이제 후회하지 않고 살면 되잖아요."

"인생은 후회의 연속이죠."

"그런 상투적인 표현을 선생님이……."

"상투적이고 진부한 말에 진리가 담겨 있는 거 모르세요?"

"Yes, sir! 재미있는 얘기해요."

"전에 누가 그랬어요. 선생님을 조심하라고요."

"누가 그런 망발을? 내가 조심해야 할 게 어디 있다고. 봉 선생님이야말로 숫총각에게는 치명적이죠. 검은 옷 입었을 때는 더!"

"지금 놀리는 거예요?"

"난 진지한 모드로 갈 거예요."

"계속 말해봤자 시답잖은 소리만 듣겠어요. 그만 끊어요."

"그럼 우리의 내일을 위해 그만 잡시다, 여보."

"하하하, 내일 봐요."

사무실에서 K의 따스한 인정에 미소 짓고, H가 흘리고 가는 농담에 웃으며 이혼녀라는 딱지를 뗀 것처럼 아무렇지도 않게 지냈다.

그러다 친하게 지내는 동료가 떠도는 말들을 귀띔한 이후로 행동에 제약이 오기 시작했다.

몇몇 친한 여자들이 몰려다니며 내 흉을 보고 다닌다는 것이다.

"이혼한 주제에 남자들로부터 관심을 받기 위해 옷을 매일 바꿔 입고 다니고, 그것도 레이스 달린 것만 입고 다닌다고 흉을 보잖아. 20대도 아닌데 머리는 길게 늘어뜨리고 다닌다고 꼴값이라고 하면서, K와 H는 왜 티를 내며 너에게 잘해 주냐고 질투까지 하더라고."

"옷 자주 갈아입는 것도 트집이야? 레이스 달린 것 한번 입고 왔고 그것도 위에 카디건 걸쳤잖아. 남에 머리는 웬 참견이래? 난 삼손인가 봐 머리를 자르면 힘을 못 쓰겠어. 하하. 그리고 동료들 사이에 낯가리나, 잘해 주면 어때서?"

모르는 게 약이라고, 전해 주는 동료가 야속하기도 했지만 알고 처신하는 것이 나을 것도 같았다. 일일이 다니며 해명할 일이 아니지만 부분적으로는 맞는 말이기도 해 참았다. 혹시라도 이혼녀가 외박을 밥 먹듯이 한다고 할까 봐 매일 다른 옷으로 갈아입었는데 오히려 흉이 되었다.

옷을 매일 갈아입는지 늘 그 옷인지 여자들의 관심을 차단하기 위해 택한 것이 검은 옷이다. 나를 건들지 말라는 무언의 암시이기도 했다.

내 곁을 스쳐 간 두꺼비 Y와 만날 때 입던 레이스 달린 원피스, 젊은 시절 휴머니스트 K가 수줍게 바라보던 니트 원피스, 나름 숫총각 H가 말한 치명적이라던 검은 옷 모두 사라지고 또 다른 검은 옷들로 채워진 옷장에서 이 여자는 다시 어떤 문제를 일으킬까 자못 기대하고 있다.

친구 S

일주일 전에 S를 만났다. 모임 '정원'이 해체되고 안 만난 지 1년 만이다. 벨이 울리고 그의 이름이 뜨자 내가 그 이름을 전화번호부에서 지우지 않았다는 것을 깨달았다.

가끔 '잘 지내고 있니, 내 친구야! 언제 밥 한번 먹자구나.' 이렇게 문자를 보내오지만 구체적인 날짜를 정한 적은 없다.

나도 그런가 보다 생각할 뿐 기대를 하거나 서운하지 않았다. 아직 어딘가에서 꿈틀대고 있구나 하는 정도일 뿐.

나보다 세 살이나 어린데도 처음부터 친구하자고 반말을 하는 통에 엉겁결에 그러자고는 했지만 가끔 '너'니 '친구야'할 때는 요것 봐라 하는 생각을 아직도 한다.

전에 한 여자가 매일 좋은 글을 문자로 보내온다는 말을 한 적이 있다. 어떤 여자인지 물으니 마음을 편하게 해주고 행동할 바를 조언도 해주는 통찰력과 예지력을 가진 여자라고 한다. 한문이나 서예를 배운 적이 없는데도 추사 김정희 뺨칠 만큼 뛰어난 필체를 자랑한다는데 한문으로서 그 사람의 과거와 현재를 맞추고 미래를 제시한다고 한다. S는 그 여자를 무척 존경하는 것 같다.

내가 S를 걱정하면서도 그 여자처럼 좋은 글 한마디 보내지 않는 까닭은 좋은 글은 글자일 뿐 어려움에 처한 사람들에게는 아무 위로도 되지 않는다는 내 주관적인 생각 때문이다. 아직 좋은 글에서 위안을 얻지 못하는 내 편협한 생각일지도 모른다.

S는 거의 매일 잊지 않고 보내오는 문자에 무한한 애정과 감사를 느끼고 있었다. 말은 안 하지만 그 여자를 알게 된 과정이 아마도 나와 같지 않을까 짐작한다.

수년 전, 지금은 남이 된 남편이 채팅에 빠져 여자들과 희희낙락할 때 난 지옥 같은 날들을 견디고 있었다. 결혼할 때 10년이나 어린 남편이라고 주변 사람들에게 호기심 어린 찬사와 선망을 받던 나는 1년이 안 되어 빛 좋은 개살구라고 자조하며 뭇 사람들의 관심을 벗어나려 했다. 쇼윈도부부로 사느니 내가 살기 위해, 어떤 결론이라도 내기 위해 많은 생각을 했다.

누구는 종교에 의지하고, 누구는 술에 의지하고, 누구는 우울증에 걸렸다는데 나를 해치지 않는 방법은 그와 똑같은 짓을 해보는 것이라 판단했다.

채팅이 얼마나 재미있으면 날 새는 줄 모를까, 나라고 못 하겠느냐고 과감히 채팅의 세계로 발을 들였다. 그에 대한 복수로 시작해서 그가 새벽에 들어올 때마다 보란 듯이 미지의 남자와 대화를 하면서 점점 쉴 수 없는 일과가 되고 있었다.

이런 신세계가 있나! 닉네임으로 자신을 숨길 수 있고 나이, 외모, 직업 등 외적인 조건을 의식하지 않고 누구라도 서로 통하면 친구가 될 수 있는 공간이었다. 말이 통한다는 것은 얼굴을 보지 않고도 그 사람에게 끌리는 그 무언가가 있다는 것이다.

그때는 아무에게라도 내면에서 끓어오르는 분노와 울화를 발산해야 살 수 있을 것 같았다. 누구의 비난이나 시선은 중요하지 않았다. 아무에게도 발설하지 않은 심적 고통, 쓰라린 환부와 보이고 싶지 않은 치부를 드러내도, 현실의 나를 모르는 그 사람들은 다 들어주고 같이 아파한다. 잠깐 호감을 주기 위해서라 해도 좋다. 아무라도 좋았다.

그런 사람들 가운데 하나인 S와는 주로 새벽에 이야기를 나누었다.

내 아이디는 그레이스, 그는 뭐라 했더라? 오리, 풀잎, 리버티……잘 기억이 안 난다. S는 실제로 수다쟁이지만 채팅창에서는 주로 내 말을 들어 주기만 했다. 익명이라서 마음 놓고 거리낌 없이 드러내는 내 말을 들어주고 위로해주기만 했다.

서너 번 대화를 나누고 나니 어떤 사람들인지 서로 궁금했다.

퇴근 후에 버스 정류장에 서 있으면 그가 'Pick me up' 하기로 했다. 나는 겁이 없었다. 고상하게 대화를 나눈 사람이 야수성을 드러낸다는 상상은 아예 하지도 않았다. 남편도 다른 여자에게 빼앗긴 사람이 뭐가 무서울까.

반면 S는 나를 만나는 것이 두려웠나 보다. 혹시 꽃뱀에게 당하지나 않을까 경계를 했다.

전화로 나에 대해서 꼬치꼬치 캐묻다가, 공무원이라고 하니까 정말이냐고 재차 확인한 것을 보면.

버스 정류장에 서 있는 내게 검은색 세단이 위용을 자랑하며 천천히 다가왔다. 조수석 창문을 열고 내 이름을 확인하고는 타라고 한다. 세련된 용모이기는 한데 생각한 것보다 눈이 가는 편이다. 크고 깊은 눈을 연상했건만.

S는 자기가 상상한 외모보다 괜찮은지 안도하는 눈빛이다.

부족하지도 지나치지도 않게 차린 내 모습이 괜찮았다고 한다.

나는 생면부지의 남자를 만나는 순간 불안해야 옳다. 그러나 조수석에 벗어 놓은 베이지색 버버리를 뒷자리로 옮기며 옆에 타라고 하는 남자의 말을 듣고 망설임 없이 올라탔다.

처음 본 여자를 태우더니 차를 몰고 세차장으로 간다. 첫 만남에 세차를 하고 오는 것이 예의라고 생각하지만 그는 여자를 세워 놓고 세차를 하려고 한다. 괜찮다 그 정도는. 마음에 안 들었으면 차를 몰고 그대로 가려고 했을지도 모른다. 나중에 파악한 S는 이기적이고 나쁜 남자니까.

그를 만나고 몇 개월이 지났을 때 그가 다니는 직장에 나를 초대했다. 강남에 위치한 유동자산관리회사라고 한다. 자세히는 모르지만 남의 자금을 빌려서 투자를 하고 그 이익을 전주와 나누는 회사인 것 같다. 3개월에 10%의 이자를 준다고 하며 내게도 돈 있으면 투자하라고 한다. 이율이 연 10%도 아니고 월 3%가 넘는다는 말에 혹해서 꿍처 두었던 1,500만 원을 투자했다. 그때는 뭘 믿고 덥석 돈을 투자했는지 모르겠다. 그때는 수중에 돈이 있으면 어떻게서라도 쓸 궁리를 했는데 지금 통장에 잔고가 없어 다행이다.

'3개월 후 150만 원의 이자를 받고 원금을 회수했다.'고 쉽게 말하고 싶지만 그 과정이 쉽지 않았다. 150만 원 이자를 받고 재투자하려는데 갑자기 S가 회사를 옮긴다고 내 돈을 찾아야 한다고 말하는 것이다. 그럴 것이면 제가 찾아 줄 것이지 자기는 전면에 나서기 곤란하다며 뒤에서 이래라저래라 코치만 한다.

"원금을 찾고 싶어요. 제가 급히 돈을 쓸 데가 있어서 그래요."

"좀 더 묶어 두시면 이자를 더 받으실 수 있는데 찾으시려고요?"

"제 돈뿐만 아니라 아버지 돈이 포함돼서 곤란해요. 어떻게 안 될까요?"

"알겠습니다. 1주일 안으로 송금해드릴게요."

1주일간 돈을 잃을까 노심초사한 끝에 결국 1,500만 원을 회수할 수 있었다.

친구를 잘 두어서 3개월에 150만 원을 벌었구나 하고 좋아하면 오산이다. S가 또 흥미로운 교육이 있다고 해서 팔랑팔랑 따라간 곳이 민간조사원 교육장이다.

온통 남자투성이인데 나만 여자였다. 하긴 여자들이 탐정 놀이하겠다고 150만 원 거금을 쓸 사람이 없을 것이다. 나도 S 아니면 이런 데를 어찌 알겠으며 알았어도 교육 받을 생각을 하지 않았을 것이다. 어쨌든 팔랑귀인 나를 탓하면서 설득의 귀재인 S의 능력을 인정하는 바이다.

외국에서는 탐정이라고 하는데 아직 우리나라는 법적으로 '탐정'이란 명칭을 사용할 수 없다. 거기에서 여러 가지 수사교육을 받고 민간탐정 자격증을 획득했다. 그 비용이 150만 원이었다. 집안을 정리할 때마다 이리저리 치우다 버릴까 말까 고민한 수료증과 자격증, 조끼와 모자는 어디에 있을까. 국회에서 탐정법이 통과되는 그날 다시 찾아보려고 한다.

그 이후 내 삶의 어록에 '쉽게 들어온 돈, 쉽게 나간다.'를 추가하며 교훈으로 되새기고 있다.

S과 만나기로 한 어느 날, 잠실로 가기 위해 올림픽대로를 신나게 달리고 있는데 그에게 전화가 왔다.

"오고 있니?"

"응, 올림픽대로야."

"같이 온다던 친구는?"

"글쎄, 걔가 갑자기 일이 생겼다고 해서 나 혼자 가고 있어."

"뭐야, 선배에게 소개해 주기로 약속했잖아."

"다음에 데리고 올게."

"그럼 너도 오지 마."

"뭐 이런 놈이 다 있어?"라고 하고 싶었지만 거의 다 가서 차를 되돌려서 오고 말았다. 친구라면서 자존심을 여지없이 밟아 놓은 S가 아니라 내가 더 문제다. 당했다고 생각하면서도 그를 끊을 수가 없다.

오랜만에 본 S의 머리카락은 여전히 검다. 그가 3년 젊긴 하지만 내가 귀밑에서부터 흰머리가 생길 때도 전혀 새치가 나올 기미가 안 보였는데 아직 건강한 머리카락을 유지하고 있었다. 몸은 더 마른 것 같다. 키가 커서 여전히 보기 좋다.

"아직도 흰머리가 안 보이네. 혹시 염색했어?"

"아니, 속에서부터 올라와. 이것 봐." 머리카락 속을 헤집으니 흰머리가 조금 보이기 시작한다.

"몸은 더 말랐나봐. 아직도 잘 안 먹어? 못 먹어?"

"그래 보여? 안 먹어서가 아니라 운동해서 그럴 거야. 근데 넌 살이 많이 붙은 것 같다?"

"말도 마라. 나이 드니까 덜 먹어도 찌는 것 같아."

"여성 호르몬이 부족해져서 그런다는 말도 있더라."

"그럼 내 탓이 아니네. 하하하"

그를 처음 만났던 10년 전에는 지금보다 10kg가 덜 나갔다. 몸에 붙는 옷, 살짝 비치는 옷, 드레시한 옷, 청바지 등 입지 못할 옷이 없었다. 잘 어울려서 그런지 싼 옷을 입어도 사람들은 비싼 옷으로 알았다. 얼굴이 잘생긴 것보다 스타일을 따지는 습관은 S를 볼 때도 그랬다. 그를 처음 봤을 때 베이지색 버버리를 입은 모습이 인상에 남는다. 움직일 때마다 안에 체크무늬가 언뜻언뜻 보이는 것이 매우 세련돼 보였다.

"키가 커서 아직은 잘 모르겠다. 그래도 더는 찌지 마라."

"노력해야지. 매일 운동은 하는데 먹는 것을 못 따라가네."

"그건 그렇고 내가 이번에 어떤 모임을 만들려고 하는데 너도 들어 와라."

"무슨 모임?"

"가칭이지만 '정원'이라고 정했는데 비즈니스 관계를 떠나 사회적으로 기여하고 더불어 사는 아름다운 삶을 지향하는 모임이지."

"집에 딸린 조그만 정원? 명칭은 소박한데 취지는 거창하네."

"내가 원래 소박한 거 좋아하잖아. 하하하"

"맞아. 생긴 대로 놀지 않는 사람이 너지. 어떤 사람들이 모였는데?"

"사업가들이야. 광고 회사 사장부터 명품수입업체 사장까지 다양하지."

"대단하네! 말단공무원인 내가 거길 어떻게 들어가니? 게다가 여자는 나뿐이잖아."

"아니야, 겉으로만 그렇지 다 인간적인 사람들이야. 명품수입 사장은 여자야. 아마 너보다 서너 살 위일 거야."

"그래? 여자는 나 혼자였으면 좋았겠다. 하하하 농담이야!"

"진담인 것 같은데, 남자들에 둘러싸여 공주 대접받고 싶나?"

"농담이라니까. 회장은 누구야? 너?"

"아니, 난 아니고 의견 모아서 정해야지."

"만든 사람이 해야지 왜?"

"난 이 모임을 궤도에 올려놓고 다음에."

"대표니 사장이니 다들 쟁쟁한데 나만 안 어울리네."

"비즈니스 모임이 아니니 괜찮아."

첫 모임은 강남에 있는 유명한 횟집에서 있었다. 원래 첫 모임은 거창하고 돈을 좀 들여야 한다. 8명이 앉을 수 있는 테이블 두 개에 음식이 채워지고 속속 회원들이 도착했다. 대부분 양복을 차려 입어서 회사의 임원회의 같은 분위기에서 S의 사회로 창단식이 끝나고 자기소개를 겸해 돌아가면 한마디씩 하기로 했다.

"S와 알고 지낸 지는 10년이 지났지만 자주 만나지는 못했는데, 이런 모임에서 다시 보게 돼서 좋고 여러분도 만나 뵈어서 반갑습니다."

"여자로서 친구는 얘밖에 없어요. 웬만한 남자보다 통이 크고 Cool하지요."

내가 여자로서 통이 크고 cool한 친구로 남겨진 이유는 S에게 있다. 몇 번 만나는 동안 은근히 이기적이고 자기중심적인 사람이라는 것을 알았지만 이기적이고 나쁜 남자에게 왠지 끌리는 매력에 다음 단계로 넘어갈 준비를 하고 있는데 S는 두어 번 갈등하는 것 같더니 선을 그어 버렸다.

"내가 아는 신부님이 뭐라고 했는지 알아?"

"나야 모르지."

"남편 있는 여자는 건드리지 말랬어. 그래서 너를 지켜 주려고⋯⋯"

"아이고, 고맙네. 나무아미타불 관세음보살⋯⋯"

남편 같지 않은 남편에게 '눈에는 눈, 이에는 이'라는 함무라비 법전대로 복수를 하려고 했는데 진정한 친구 S의 의사를 존중해서 그만두기로 했다. 결국 남편과 헤어졌지만 이후로도 우리 관계는 달라지지 않았다. 이성이지만 영원한 친구.

  고속도로 달리는 것을 그다지 좋아하지 않는 내가 부산까지 운전을
한 것도 S의 부친이 돌아가셨다는 소식을 듣고 나서였다. 그를 통해
알게 된 두 여자를 뒤에 태우고 부산까지 가는 길에 두 사람은 나와 S
의 관계를 궁금해 했지만 나 역시 두 사람의 관계를 모르는 게 나을 것
같아 웃고 말았다. 친구라고 하기도 그렇고 아는 동생이라고 하기도
진부한 대답이기에.

  문상을 하고 현지에서 합류한 다른 사람들과 음식점에서 술잔을 주
고받은 것도 S와 연관된 사람들이기 때문이었다. 술을 잘 마시지 않는
내가 분위기에 취해서 여러 잔을 받아 마시고 비틀거리며 일어났을 때
그가 들어섰다. 운전을 해야 하는 나를 걱정하며 부축하는 그를 뒤로
한 채 화장실로 가서 아래위로 쏟아내니 언제 그랬냐는 듯이 개운해지
며 S의 얼굴이 들어왔다.

  "내가 여기까지 온 게 놀랍지 않니?"

  "글쎄 말이야. 이 먼길을 오게 해서 미안하다. 좀 있다 가야겠
다 술 깬 다음에."

  "이제 괜찮아. 근데 내 차에 같이 태우고 오라던 저 여자들도
친구냐?"

"응, 좀 나이 든 여자는 누나뻘이고, 한 사람은 동생뻘이야."

"참 아는 여자도 많고 아는 친구도 많아, 너는."

"그 많은 친구들 중에 너는 더 특별한 친구인 것 알지?"

"됐네, 이 사람아!"

이제 S는 어디서 만났는지 여자가 소유한 아파트에서 산다고 하니 팔자가 좋은 것인지, 사나운 것인지 그것을 알고 싶다. 외국에서 사는 그 여자는 몇개월마다 한국으로 온다고 하니 상팔자이긴 하다. 내가 집도 못 사주면서 이러니저러니 할 수 없는 일이라 두고 보지만 너 같은 남자는 살다 살다 처음 본다는 눈빛으로 바라보게 된다.

그가 전에 신부님 운운하며 선을 그었지만 결과적으로는 다행이었다. S와 연인 사이였다면 1년도 못가서 헤어졌을 것이고 10년이나 친구라고 부르지 못했을 것이라고 위안을 삼는다.

S와 대화를 하는 것이 편한 것만은 아니다. 무슨 비밀이 그렇게 많고 가릴 것이 많은지 지인들에게 내 입을 단속할 때가 있다.

"넌 나와 했던 말 우리 모임 사람들에게 하지 말았으면 좋겠다."

"무슨 대단한 말을 했다고, 왜 말하면 안 되는데?"

"그 사람들과는 다시 엮이기 싫어서 그래."

예민한 주리가 사는 법

"엮이기 싫다면서 인간관계가 너처럼 복잡한 사람은 흔치 않을 거다."

"그래도 너는 내 손꼽는 진정한 친구야."

"그 친구란 소리 좀 집어치울 수 없니?"

자신이 마음에 드는 사람들을 모아서 만든 '정원'의 1주년 행사를 거창하게 해놓고 조금 지나 해체를 해버렸다. 나만 빼고 거의 사업하는 사람들을 모아 놓고 비즈니스 관계를 떠나 사회적으로 기여하고 더불어 사는 아름다운 삶을 지향하고자 한 것부터 잘못이다. 사회에 기여도 하면서 경제적으로 서로 도모하고 정을 나눈다는 취지라면 충분히 비즈니스 관계로 발전할 수 있었는데 가까운 몇 사람끼리 투자자금을 주고받다가 불미스러운 일이 발생하여 더 이상 모임을 유지할 수가 없게 된 것 같다. 그러자 자신이 거의 동참을 권했던 사람들과의 인연도 끊어 버렸다. 그중에서 싫은 소리 한번 하지 않고 투자자금과 자잘한 푼돈을 대던 나와, 군대에서 동고동락했던 H를 빼고는 연락도 하지 않는다고 했다. 이제 나도 S가 먼저 연락하기 전에는 모른 척하고 지내고 있다. 만나지 않았으면 좋았을 인연인데 그럭저럭 이어 온 것이 누구의 인간성 때문인지 모르겠다. 끝까지 잘 되는 것을 보여 주고 싶은 그의 마음과 언제인지 모르지만 기약도 없이 잘 될 날이 있으리라는 어리석은 기대와 오기 때문이 아닌가 짐작해 본다.

처음 그를 만났을 때는 아무런 의심이 없었는데 익숙한 지금은 오히려 믿음이 없어져 쓸쓸한 기분이 든다.

사람이 외로운 것은 믿음이 없기 때문이다.

S는 가끔 전화를 해서 뭐 하냐고 툭 던진다.

한 시간 넘게 대화를 해도 끊고 나면 또 외로워진다. 믿음이 없기에, 신뢰가 없기에

돌아서면 또 쓸쓸해지는 것이다.

오후에 집을 나왔다. 날이 쌀쌀한데 내게 차가 있다는 것이 다행이다.

딱히 올 곳도 없는 핸드폰이 혹시 울릴까 자꾸 눈이 간다. 전화가 오면 어련히 벨이 울릴 텐데 쓸데없이 신경을 쓴다.

'오늘쯤 전화할 때가 됐는데......' 하고 생각하는 순간에 핸드폰이 울린다.

번호를 보니 그의 사무실 번호인 것도 같은데 생소하다.

네가 있는 곳은 백화점이라 웅성거리는 사람들 소리와 크게 울리는 경음악이 뒤섞여 잘 들리지 않는다.

"여보세요? 여기가 소란해서 잘 안 들리는데요."

"나 S야. 안 들려? 그럼 나중에 다시 걸게."

한참 후 주차장으로 나와 차를 타려는데 전화가 왔다. 내가 전화를 안 해서 먼저 했다나. 보고 싶고 전화하고 싶은 사람은 그보다 나지만 나는 먼저 전화를 하지 않는다. 마음이 움직이는 사람이 몸도 움직이지만 그의 연락이 올 때까지 참는다.

아는 사람이 수원에 오면 맛있는 식사를 대접한다 했다고 같이 가잔다.

자기는 술을 마실 거라며 내가 운전하기를 원한다.

수원 유명한 갈비집에서 만난 그 사람은 여자였다. 남자라고 생각한 나는 잠시 놀랐는데 여자에게 얻어먹는 남자는 흔치 않다고 생각했기 때문이다. 더구나 청하지도 않은 나까지 데리고 갔으니 자리가 편하지 않았다. 잠시 후 웬 남자가 들어오는데 이리로 향하고 있다. 여자의 남자 친구라고 한다.

S의 장점이 또 발휘되는 순간이다. 처음 본 누구라도 몇 년을 만난 관계처럼 자연스럽게 대하는 것이다. 나를 데려가는 어느 자리라도 사업 얘기가 빠지지 않는데 모처럼 일 이야기를 하지 않는다. 나보다 어려 보이는 여자는 연신 옆에 앉은 남자 친구의 손을 쓰다듬고 눈웃음을 치며 자주 웃는다.

분위기를 맞추느라고 같이 미소를 지었지만 내가 있을 자리가 아닌 듯 불편했다.

결국 식사비는 그 여자의 남자가 내었는데 S는 아무렇지 않은 표정으로 인사를 하고 차를 향해 가고 있었다.

이제 밥 한번 먹자고 한 약속은 지킨 것인가.

하긴 둘이 먹자고 한 적은 없다. 늘 누군가와 같이 먹었고 상대방이 값을 치르게 했다. 입을 열면 10분이고 20분이고 수다스럽기도 한 S의 친화력은 상대로 하여금 지갑을 열게 만드는 것 같다. 나까지 얻어먹어 민망하다고 하면 세상에 공짜가 어디 있냐며 나중에는 그에 상응하는 이익을 준다고 웃고 만다.

나란 여자가 얼마나 엉터리인가를 아는 S에게 숨길 일이라고는 없다.

"나 다니는 동호회 있잖아."

"최근에 가입한 그 여행동호회?"

"응, 거기서 만난 12살이나 어린 남자가 나 좋다고 따라 다니는데 어떻게 생각해?"

"어린 애구나. 너도 좋아?"

"처음엔 이상한 애네? 그랬는데 자꾸 좋다 하고 연락을 하니까 좀 신경이 쓰여서 말이야."

"잘 생겼어?"

"잘 생겼으면 고민을 안 하지. 하하하."

"너 어린 남자에게 그렇게 당하고도 또 어린 남자야?"

"어린 것들만 나를 따라다니는데 어쩌라고? 나도 울타리 같은 중후한 남자 만나고 싶어."

"10년이나 어린 전 남편과 어떻게 살았는지 벌써 잊었구나."

"누가 결혼한대? 그냥 만나는 게 어떠냐는 거지."

"됐고! 나 만나면서 뭘 그리 기웃거리냐?"

"너를 갖고 싶지만……"

"뭐라고? 다시 말해봐."

"농담이야!"

"100% 농담이야? 1%의 진실은 없니?"

"세상에 100%라는 게 존재할까?"

"요즘 힘든 일이 많은가 보다."

"전혀! 내 걱정은 말고 쉬어가며 일해라. 아마 넌 죽으면 몸에서 사리 나올 거다."

"사리라고? 하하하하하."

"내가 달리 도와줄 건 없고 더 많이 나오게 해줄게."

"고맙다. 넌 정말 고향의 흙냄새가 나는 친구야."

너는 고향 같은 여자, 흙냄새가 나는 여자, 편안함을 주는 여자라고.
서울에서 나고 자라서 고향의 흙냄새와는 거리가 먼데 듣기 싫은 말만 골라 하는 S.

한편 생각하면 노란 프리지어꽃 같은 여자가 아니라 유감이지만 도시적 세련미가 넘치는 그가 내게서 고향의 흙냄새를 느낀다면 그것도 마다할 것은 아니다.

S가 내 인생에서 사라질 날이 언제인지 모르지만 내게 전화를 걸 때마다 그만이 들을 수 있는 통화연결음, 그가 가장 좋아하는 비틀즈의 'Hey Jude'를 아주 오래도록 바꾸지 않으리라 생각한다.

> Hey Jude
> Don't make it bad
> Take a sad song and make it better
> Remember to let her into your heart
> Then you can start to make it better
> (헤이, 주드
> 그다지 나쁘게 생각하진 마
> 슬픈 노래를 좋은 노래로 만들어 보자구
> 그 여자를 진심으로 받아들여야 한다는 걸 기억해
> 그러면 넌 더 좋아질 수 있을 거야)

예민한 주리가 사는 법

그리고 어떤 남자가 채팅으로 만난 여자들을 등쳐서 수천만 원을 뜯어갔다는 기사를 보면서 웃는다. Cool하게……

초대

문자로 전해진 갑작스러운 부고는 그가 분명했다.

그의 연락처에 아직도 주리의 전화번호가 남아있었나 보다.

누구일까, 부고를 전한 사람이.

'이번에 앨범을 하나 냈습니다. 첫 곡은 대중가요를 스윙 템포로 편곡을 해서 중간중간에 부리시를 넣어서 만들어 봤습니다.

두 번째는 재즈 왈츠로 변형을 주려 했지만 이 곡 역시 멜로디 자체가 워낙 단순해서 씨름을 해야했습니다.

세 번째 곡은 라틴 보사노바 리듬으로 편곡을 해서 플루트를 사용했는데 메인 키를 너무 높게 잡아서 플루트 소리는 가늘고 높고 리듬은 저음이라서 밸런스가 맞지 않아 실패했습니다. 플루트 연주는 저와 오래 연주했던 선배가 맡았습니다.

네 번째 곡은 클래시컬하게 만들어서 중간에 녹턴 스타일로 멜로디를 새로 집어넣어 했는데 저의 핑거링에 문제가 많아 만족하지 못했습니다.'

부드럽게 음악을 얘기하는 그의 목소리가 들리는 듯하다. 외국어, 외래어 투성이인 그의 편지는 악보가 그려져 있는 종이 뒤에 자필로 단정하게 쓰여 있었다. 이 시대에 이메일이 아니라 자필 편지라니 희귀한 사람임에는 틀림이 없다.

그가 어떤 사람인지 모르고 막연히 피아노를 연주하는 사람이라고만 알다가 그의 실체를 알게 됐을 때 느낀 것과 같은 신선함이었다.

밤늦게 컴퓨터 앞에 앉아 새벽까지 대화를 주고받던 그가 음악인들 사이에서는 유명한 연주가라는 사실은 그의 연주회 초대장을 받고 알았다. 밤에 클럽에서 연주하는 가난한 연주가라고 하더니 대형 음악홀 연주초대장을 보낸 것이다.

'친구가 되는데 가장 중요한 것은 진실이라고 생각합니다. 처음에는 그저 다 같은 사람으로 보이다가도 진실이 만나는 순간 친구가 되지요. 이성 사이에 친구는 불가능하다고 하는 사람이 많지요. 저도 그 중의 한 사람이었고요. 그러나 처음부터 그런 생각을 가지고 출발한다는 것은 제 생각과는 다릅니다. 서로의 마음이 어디까지인 줄 모르기 때문에 그냥 돌아서는 일이 있었지요. 어떤 목적이 없이 자연스러운 대화 속에서 친구가 되는 것이 좋겠다고 생각합니다. 삶에 윤기를 더해 주는 친구, 늘 즐거움을 함께할 수 있는 친구, 그러나 고통을 함께 느낄 수 있을지는 아직 모르겠습니다. 아직 그런 단계까지 다다른 이성 친구가 없었으니까요.'

그는 주리에게 갑자기 나타난 이성이자 친구였다.

생각해 보면 쓸데없이, 정말 쓸데없이 한 남자 때문에 잠을 못 이룰 때였다.

새벽까지 뒤척이다가 익명으로 대화를 시작했다.

'이 새벽에 누구든 잠을 안 자고 내 얘기를 들어 주세요.

남자에게 전화를 걸면 자주 통화 중이었어요. 제 통장에서 나가는 핸드폰 사용료도 요즘 들어 무척 많이 나옵니다.

털털했던 사람이 유난히 까탈스럽게 집안이 어지럽다고, 멀쩡한 집안이 답답하다고 나갑니다. 자꾸 바람 쐰다고 나갑니다. 방금 약속 있다고 나간 남자가 던져놓은 집 전화기를 들고 재다이얼을 눌렀습니다.

그 속에서 나른하고도 부드러운 여자 목소리가 들립니다. 그냥 끊고 자주 통화한 목록을 보니 그 여자군요.

남자가 멍하니 있는 시간이 많아지고 곁에 오는 것도 귀찮아합니다.

집요한 추궁 끝에 단지 친구라고, 몇 번 만났을 뿐이라고 대수롭지 않게 말합니다.

믿어야지요. 믿어야겠습니다. 그러지 않으면 견딜 수가 없으니까요.'

'늦게 들어와서 접속을 하니 님이 들어와 계시군요.

누군가와 얘기를 하고 싶어하는 제 마음이 제게 전해졌나 봅니다.

예민한 주리가 사는 법

이런 것도 처음 해 봅니다. 믿으실지 모르겠지만⋯⋯

우리가 이렇게 서로 얼굴도 모르고 얘기만 하다가 언젠가 보고 싶어지겠지요.

그때는 몇 시라도 나오실 수 있을까요? 제가 그대를 보고 싶은 날에는 언제든지⋯⋯'

'다섯 번째 곡은 스윙 스타일로 연주해봤는데 이것 역시 단순한 멜로디 때문에 어레인지도 힘들었습니다.

여섯 번째는 연주하기에 너무 지루할 것 같아서 L씨에게 부르라고 해서 넣었습니다.

그 외 여러 곡들도 제게 만족스럽지는 않아 아쉬운 마음으로 작업을 마쳤답니다.

그대가 마음에 들지 않더라도 과정이니까 이해하세요. 다음엔 더 좋은 곡으로 레코딩해서 작업하려고 합니다.

그리 좋은 선물은 아니지만 기념이 될 것 같아서⋯⋯

받아 주세요. 참고로 이 편지는 없애시고 내 사인이 들어간 CD는 구입하신 걸로 하세요. 그래야 그의 추궁이⋯⋯'

뒤에 그의 악보가 있는 편지는 없애지 않고 투명 파일 묶음에 넣어 두었다. 앞으로 봐도 뒤로 돌려봐도 그의 글씨가 보인다.

그의 모습처럼 검은 음표들이 차분하게 오르락내리락한다.

그의 사인이 있는 CD는 보란 듯이 차 안에 두고 들었다. 특히 비가 내릴 때 듣기 좋았다.

한강 변에 차를 세우고 빗방울이 또로로 창문을 타고 흘러내릴 때 듣는 피아노곡은 그의 목소리 같았다.

그럴 때 표지에 있는 그의 사진은 행복에 취한 주리를 바라보며 잔잔히 웃고 있다.

'처음 메일을 개설하고 처음 보냅니다.

왜 인터넷상에서는 다들 '님'을 붙이죠? 너무 형식적인 것도 같고, 친근감도 없는 것 같은데. 그리고 표기법도 다 틀려요. 방가워요, 안냐세요, 다 마음에 안 들어요. 지금 꿈나라겠죠? 전 오늘 많이 돌아다녀서 힘들었는데 또 친구들이 꼭 만나자고 해서 술 좀 마시고 왔습니다. 지금 정신은 없지만 주리 씨에게 메일을 써야겠다는 생각으로 이렇게 앉아 있습니다. 사실 보내야 할지 말아야 할지 모르겠습니다. 좀 어지럽군요. 그래도 기분은 좋습니다. 음악 하는 친구들과 얘기하면 재미있어요. 메일 쓰면서 실수하더라도 이해해 주세요. 지금 저는 마치 시궁창 같거든요. 맑은 느낌의 제 이름과는 달리......

우린 만나면 음악 이야기를 많이 한답니다. 누가 어떻고, 쟤가 어떻고, 자기 나름대로 평가를 하고 토론을 하는데 주장도 많고 개성도 강하죠. 저는 듣는 쪽입니다. 그게 편하죠. 여름이 되면 제주도를 자주 갑니다. 공연이 많이 잡혀 있어요. 제주도 가면 좋은 게 있습니다. 모든 일을 끝내고 밤바다에서 소주를 마시는 일이죠. 밤바다에는 멀리서 하얀 무수한 점 같은 파도가 몰려옵니다. 생각이 정리가 되고 불미스러운 일도 잊게 되지요. 또 바닷가에서 술을 마시면 아무리 마셔도 취하지 않습니다. 싱싱한 회에다, 회 좋아하세요? 바닷가에서 한번 드셔 보세요. 거기에 사랑하는 사람이 있으면 더욱더......

점점 취기가 오르는군요. 쓴 메일은 주리씨에게 그냥 보내기로 했어요. 지금까지 쓴 게 너무 아까워서요. 한 50분 걸렸네요. 제가 생각해도 정성이 대단한 것 같아요. 잘래요. 눈이 감겨서……'

삶이 야행성이라 일찍 일어날 일이 없는 그는 새벽까지 메일을 쓰거나 주리와 대화를 했다.

"내 사랑, 내 사랑이라고 내게 해주던 그 말을 언제 기억 속에서 잊어버릴까요? 그 남자가 그 여자에게 했던 말을 어떻게 하면 잊을 수 있을까요?"

"내가 피아노를 연주해 줄게요. 그러면 좀 나아지지 않을까요? 어떤 노래 좋아해요?"

"전 팝송이 좋아요. Let It be me와 Over the rainbow."

"지금은 다들 자는 시간이라 내일 낮에 들려줄게요. 노래를 못해서 연주로 하는 것을 이해해 주세요."

Each time we meet love(우리가 사랑으로 만날 때마다)
I find complete love(나는 완전한 사랑을 발견합니다)
Without your sweet love (당신의 달콤한 사랑이 없었더라면)
What would life be? (내 인생은 어찌 되었을까요?)

햇빛이 비치는 창가에 서서 전화로 그의 연주를 들었다.

어린 시절, 엄마 옆에 누워 낮잠을 자다 잠결에 들은 노래처럼 아련하다.

> Somewhere over the rainbow way up high
> (무지개 너머 저 하늘 높이 어딘가에)
> There's a land that I heard of once in a lullaby.
> (옛날 자장가에서 얘기 들었던 아름다운 나라가 있어요)
> Somewhere over the rainbow skies are blue
> (무지개 너머 어딘가에 하늘은 파랗고)
> And the dreams that you dare to dream really do come true.
> (마음으로 꿈꾸면 정말로 이루어지는 곳이죠)

그가 오직 주리만을 위한 연주를 해줄 때마다 주리는 이 세상에서 가장 행복한 여자가 된다.

주리는 여유로운 삶을 누리는 드라마의 주인공처럼 한껏 취해서 연주를 듣는다.

친구들과 음악에 대한 이야기를 하는 것이 즐겁다는 그 남자, 주리를 좋아하는 그가 있었다.

"주리 씨는 제가 누군지 알고 싶지 않으세요?"

"별로 알고 싶지 않은데요. 어차피 저도 가짜, 익명이 편하지 않아요?"

"사람이 좋아지면 그 사람에 대해 뭐든지 알고 싶어 하잖아요."

"제게도 알고 싶은 것이 많나요?"

"주리 씨는 정말 솔직하게 다 말해 주잖아요. 그래서 아쉬움이 없어요."

"정말 제가 다 말했을까요?"

"어쨌든 주리 씨가 나에 대해서 많이 묻지 않는 것이 가끔 서운해요."

"알았어요. 어디에 사세요? 나이는? 가족 관계는? 재산 정도는?"

"그런 얘기가 아니잖아요."

"미안해요. 그냥 만나요. 복잡하게 얽히기 싫어요."

잠이 오지 않는 밤이면 그가 오랜 시간 공들여 쓴 메일을 읽었고 보고 싶으면 새벽이라도 나갔다.

"늦게 나오라고 해서 미안해요. 늘 일이 늦게 끝나서 그래요."

"낮에는 뭐 하세요?"

"낮에는 앨범 작업도 하고 레슨 좀 하고."

"클럽에서 연주하는 것 보고 싶어요. 어디예요?"

"안 가르쳐 줄래요. 앨범도 주고 그대만을 위해 연주도 해 주잖아요."

"새벽에 들어와 처음 컴퓨터를 켜고 만난 사람이 나라니 신기했어요."

"느릿느릿한 나를 잘 이끌어줘서 대화를 했잖아요."

"긴 얘기는 안 했지만 내 말을 잘 들어주고 왠지 모르게 편했어요."

"나도 그랬어요. 며칠 대화하다 갑자기 만나고 싶어했죠. 서로."

"그때 입은 옷이 둘 다 검정색이었던 것 기억나요?"

"나는 검정 스텐칼라 셔츠에 주리 씨도 검정 원피스, 슬릿 사이로 드러난 다리가 참 매력적이었어요."

"내 다리를 본 사람이 당신이라 무척 다행이었죠."

"누구라도 눈이 갔을 기요. 나도 모르게 옆자리에 앉았어요. 처음인데 무례하게도."

"그래서 어색함 없이 더 가까워졌죠."

"누가 먼저 팔을 끌어당겼나요?"

"기억이 안 나네요. 그건 중요하지 않았으니까요."

주리의 삶을 황폐하게 만든 남자에게 복수한다는 것이 시들해졌다.
주리가 그에 대해 더 알고 싶고 궁금한 것이 생길 무렵이었다.

"이제 그만 만나야겠어요."

"아니, 왜요?"

"그 사람에게 미안해졌어요."

"주리씨, 우리 좋아하잖아요, 서로."

"당신을 좋아하는 만큼 그에게도 미안해요. 내가 왜 당신을 만나게 됐는지 알잖아요."

"단지 그에게 복수하고 싶다고 했지요. 난 그래도 좋다고 했고요."

"그가 이제 내게 돌아오겠대요. 그 여자와 안 만난대요."

"그걸 믿어요? 전처럼 또……"

"한 번 더 믿어 보려고요."

"마음과 몸은 그쪽으로 가도 나 만나주면 안 돼요?"

"왜 그렇게 소유욕이 없어요. 온전한 내 것 아니면 싫다고 말 못 해요?"

"놓기 싫어서 그래요. 그대를."

"그럴 수 없어요. 그 사람에게나 당신에게나……"

주리는 여우가 아니다. 주리는 단순하다.

이제 남자에게 복수할 필요가 없으니 그를 만날 이유가 없다. 이기적인 생각이지만 그에게 상처를 줬다고 생각하지 않았다.

그래도 주리를 놓지 않은 그는 가끔 연락을 했다.

"지금 나올래요?"

"지금? 12시가 넘었는데요."

"일 끝나면 지금밖에 시간이 없는 것 알잖아요."

"이해는 하지만 마음에 들지는 않아요."

"미안해요. 참, 그 사람과는 잘 지내나요?"

"사람은 잘 안 변하더군요. 별거하고 있어요."

"나쁜 놈이네요. 그럼 우리 다시 만나요. 보고 싶어요."

"연주회는 언제?"

"8월에 삼성동에서 해요. 초대장 보낼게요."

주리가 무대 위에서 그를 본 것은 두 번이다.

처음은 단풍이 짙어갈 무렵, 친구들과 성남에서 연주하는 그를 찾았다.

대기실로 들어가는 그를 붙잡지 못하고 손만 흔들어 인사했다.

대기실로 꽃다발을 들고 가기에는 그와 너무 가까워졌기 때문이다.

다음 연주회 일정이 잡히고 그가 연락을 했다.

"이번에도 친구들과 올래요? 몇 장이 필요해요?"

"이번엔 한 장만 보내요. 혼자 갈래요."

"이번에도 못 만날지 몰라요."

"알아요. 무대 위 당신을 보는 것만으로 좋아요."

연주회가 끝나고 사람들에 섞여 그의 앨범에 사인을 받으려 기다렸다.

약간 상기된 얼굴로 그가 나타나자 줄을 서던 사람들이 반기며 웅성거렸다.

"주리예요."

"와주셔서 감사합니다."

검은 앨범 자켓에 하얀 펜으로 이름을 쓰는 그의 가늘고 긴 손가락이 다소 떨리는 듯했다.

'주리씨, 언제나 행복하게!'

남들이 모르는 주리와 그의 시간들이 끊어질 듯 이어졌다.

"지금 20분 후면 당신 집 근처 지날 것 같아요."

"어디 갔었어요?"

"양평에서 친구들과 만났어요."

"술 마셨나 봐요. 운전하는 건 아니죠?"

"전철 탔어요. 나올 수 있어요?"

"너무 늦었어요. 그냥 가세요."

"꼭 보고 싶어요. 집 근처에서 내릴게요."

"안 돼요. 지금은 못 나가요."

이제 그를 만나려면 어디로 가야 하나. 주리는 그날로 시간을 되돌리고 싶다.

길을 건너면 그가 가끔 걸었던 한강변이다. 우울하게 비가 올 때마다 그의 연주를 들으며 감상에 젖던 한강변이다.

차가운 바람 때문인지 100m를 걸어도 눈을 마주칠 사람이 없다.

얼굴을 가리고 자전거를 타는 사람이 그가 아닐까 하고 바라보게 된다.

송년 파티를 한다며 동료들과 모인 그가 음악잡지를 장식했던 때를 기억한다.

모두 유쾌한 표정을 짓는 가운데 그만 웃지 않은 것이 마음에 걸렸었다.

늘 검은 옷을 입던 그가 그날따라 왜 짙은 초록 양복을 입었을까. 파티, 마지막 파티였나.

주리를 불러 내던 그날, 병색이 짙은 그가 송년 파티 화보를 찍고 오는 길에 주리를 만나려 한 것이 아니었을까.

주리는 아직도 그가 생전에 스스로 부고를 보내서 보고 싶은 사람을 초대한 것이라 믿고 싶다.

음악 동료들이 생전의 그를 추모하며 1주기 헌정 연주를 한다고 한다.

그의 초대에 가지 않은 주리는 이번에는 불청객이 되어 그를 보러 갔다.

그가 생전에 연주하던 곡을 선배와 후배들이 연주하고 시작은 암울했지만 경쾌한 곡으로 갈수록 그의 모습이 생생하게 떠오른다.

앞자리에서 동료들의 연주를 듣던 그가 문득 뒤를 돌아 주리를 발견하면 이렇게 말해 줄 것이다.

'이제라도 와줘서 고마워요. 무척 보고 싶었어요.'

Happy Birthday To You

T를 말하기 위해서는 강 과장을 빼놓을 수가 없다.

봉미가 강 과장을 만난 것은 리더십 교육장에서였다. 두어 번 강 과장을 만나고부터 그가 주관하는 모임에도 나가곤 했다.

그는 만날 때마다 눈에 뜨이는 성과를 하나씩 이루어내고 있었다. 회사에 다니면서 틈틈이 경제 관련 서적을 출판하고 그 여파로 공중파 방송에도 출연했다. 점점 경제전문가로서의 입지를 다졌고 지역 신문에도 경제 칼럼을 연재하는 수준에 이르렀다. 봉미가 수필가입네 소설가입네 하고 다녀도 책 한 권 출판하지 못한 게으름과는 비교가 되지 않는다.

별거 다 하는 그가 외국인들에게 우리나라를 널리 알리고 민간인과 교류한다는 취지의 한미친선 모임을 주관하는 곳에 봉미를 초대했다.

예민한 주리가 사는 법

몇 사람을 동반해도 좋다는 말에 학원에서 가르치는 여학생 세 명을 데리고 참석했다. 이 기회에 아이들에게 외국인과 대화할 기회를 주고 싶었기 때문이다.

아차산 입구에서 인원이 다 모이자 아차산을 등반하고 내려와서 점심 식사를 하기로 했다.

참가자들은 외국인과 1 대 1로 짝을 이루어 올라갔다. 거의 영어를 잘 못해 콩글리시를 만들어 가며 웃고 떠들며 올랐다. 아차산 정상은 정상이라고 하기도 민망한 높이이다. 마침 행사하기에 좋은 넓은 평지가 있어 자리를 잡았다.

강 과장은 분위기를 띄우기 위해 한 미국 여자와 봉미를 불러냈다. 그리고 다짜고짜 '한미 댄스 경연'을 시키는 것이었다.

봉미가 거기에 모인 다른 사람보다 비교적 활발하게, 되지도 않는 영어를 지껄이며 웃는 모습이 눈에 뜨였나 보다. 봉미는 원래 여러 사람 앞에서 나서기를 즐기지 않는 숫기가 없는 사람이다. 하지만 그날은 한미친선이라는 특별한 날이라 한인 대표라는 사명감을 느꼈다.

잠시 주저하는 척하다가 음악에 맞춰 막춤을 추었다 .

순간 모인 사람들이 난리도 그런 난리가 없다. 외국인 남녀들은 핸드폰을 들고 사진과 동영상 찍기에 바쁘고 한편에서는 손뼉 치고 웃기에 바쁘다. 우리들의 국민 춤, 막춤을 그 사람들은 처음 보았나 보다. 하긴 사교댄스, 월츠, 민속춤 등 정제된 춤만 경험했겠지 이런 막춤은 무척 신기했을 것이다. 처음 보는 춤사위에 거리낌 없이 박장대소한다.

외국인들은 자신의 감정을 그대로 드러내고 즐기는 것 같다. 자신의 감정에도 충실하지만 남의 감정에도 진심으로 공감하는 면이 있다. 즐기며 찍은 봉미의 동영상이 지금도 인터넷 세상 어디에선가 떠돌고 있을지 모른다.

산을 내려와 근처 식당에서 메밀국수와 콩국수 등을 먹으며 나머지 여흥을 즐기는데 또 강 과장이 봉미를 호명한다. 이번에는 노래를 부르라는 것이다. 쥐꼬리를 내놓았더니 몸통까지 보여 달란다. 그렇게 인재가 없는지, 아니면 강 과장이 봉미를 편애하는 것 같다. 거듭 말하거니와 봉미는 대중 앞에서 나서는 것을 싫어한다. 그러나 주어진 일에 책임을 다하는 봉미는 외국인을 환영한다는 의미에서 영어 노래를 선택했다.

Twinkle, twinkle, little star, How I wonder what you are. Up above the world so high, Like a diamond in the sky. Twinkle, twinkle, little star, How I wonder what you are!

사람들이 또 웃으며 사진과 동영상을 찍었다. 어떤 외국인은 자기가 찍은 것을 봉미에게 번갈아 보여 주며 'Wonderful! Beautiful!' 계속 외

예민한 주리가 사는 법

친다. 끝까지 부를 수 있는 팝송이 없어 엉겁결에 순발력을 발휘하여 아이들과 부르던 동요를 불렀더니 분에 넘치는 찬사를 보낸다. 그들은 감정 표현에 막힘이 없고 군더더기가 없다. 시원하고 서글서글하다.

봉미 덕에 분위기가 더 좋아졌는지 강 과장도 덩달아 흥이 나서 칭찬을 아끼지 않는다 .

"순발력으로 말하자면 봉미씨를 따를 자가 없지 말입니다. 원더풀 !"

남들이 보기에 말수도 적고 소극적인 봉미지만 어떤 때는 뜻하지 않은 행동으로 사람들을 놀라게 한다.

직원들과 회식이 끝나고 뒤풀이로 클럽에 갔을 때의 일이다. 얼굴은 그다지 예쁜 편은 아니었지만 부모님이 물려주신 팔다리가 긴 날씬한 몸매를 잘 유지하여 남들에게 찬사를 받고 선망의 시선을 받기도 했었다. 거기에 키만 더 컸으면 모델을 하라고 권유받았을지도 모른다.

그날따라 몸매를 돋보이게 허리를 바싹 조인 원피스를 입고 갔다. 사람들은 맥주를 마시고 흥겨운 음악이 두 곡을 넘었는데도 움직이지 않았다. 술을 마시지 못하는 봉미는 오렌지 주스를 마시며 과일 안주를 축내고 있다가 도저히 못 참겠다고 일어났다. 저렇게 마이클 잭슨, 마돈나, 리키 마틴의 노래가 쿵쾅대는데 그 시끄러운 음악 속에서 귀와 입을 모으고 뭔 진지한 얘기들을 하는지 모르겠다.

무엇을 할지 모른다면 원칙에 충실하면 된다. 호텔에 가면 휴식을 취해야 하고 , 도서관에 가면 책을 읽어야 하고 클럽에 가면 음악에 몸을 맡겨야 한다는 기본적인 상식을 가진 봉미는 그대로 실천할 뿐이다.

사람들이 봉미를 따라 엉거주춤 일어나며 자리를 잡고 봉미는 이때다 하고 솔선수범하여 덥다 흔들어 대었다. 봉미의 예상치 못한 몸짓에 놀란 동료들이 환호성을 올리며 봉미를 가운데 몰아놓고 손뼉 치며 장단을 맞췄다. 다음부터는 자연스럽게 한 사람씩 돌아가며 중앙을 차지하고 흥을 돋우었다. 서너 곡을 쉬지 않고 돌리는 사이에 하나둘씩 나가떨어졌지만 봉미는 곡이 다 끝날 때까지 흔들며 서있었다. 어느새 봉미 앞에는 모르는 사람들이 같이 흔들어 대고 있었다.

오늘따라 떨쳐입은 핫핑크 원피스가 땀에 젖어올 때야 긴 머리를 쓸어 올리며 자리에 앉았다. 기다리고 있던 동료들이 너는 누구냐, 네가 그 봉미냐는 듯 경이로운 눈빛으로 봉미를 맞이했다.

오래 흔드느라 수고했다고 한 동료가 맥주를 한 잔 권하자 술을 못 마시는 봉미지만 목마른 김에 받아 마시니 칼칼한 목구멍이 시원하게 뚫리는 느낌이다. 다음 날 다시 예의 조신한 봉미로 돌아갔지만 그 일은 두고두고 회자 되었다고 한다.

Twinkle, twinkle, 손가락을 반짝이며 노래를 하는 봉미에게서 눈을 떼지 못하는 사람이 있다. 천진한 아이를 보는 아빠처럼 미소를 날리는 미국 측 인솔자인 T이다. 그는 산에서도 여흥이 끝난 뒤 옆에 오더

예민한 주리가 사는 법

니 춤을 잘 추느니, 분위기가 좋았느니, 영어로 계속 칭찬이다. 봉미는
대강 알아듣고 Realy? Thank you!를 연발했다. 자기 명함을 주면서 뒤
에 봉미 전화번호를 적으라고 한다. 번호를 적어 건네니 다시 새 명함
을 주면서 손으로 전화 거는 시늉을 한다.

한미친선 모임을 마치고 오는 길에 전철 속에서 그의 전화를 받았다.

외국인과 대화할 마음의 준비도 해야 하고 영어 회화 공부도 더 해
야 하는데 너무 이른 것 아닌가 ?

"아까 당신 때문에 정말 즐거웠어요 ."

"정말? 저도 재미있었어요."

"우리 친구해요. 더 만나고 싶어요."

"아, 좋지요! 그런데 영어를 잘 못해서……"

"나도 한국어 못해요."

"그렇군요!"

"다음에 또 통화해요. 안녕."

영어는 대충대충 알아듣고 전철 속에서 남이 들을까 봐 작게 'Yes,
Of course'를 연발하며 짧은 통화를 끝냈다.

이제 봉미에게도 외국인 친구가 생기나 보다.

봉미가 외국인과 대화해 본 적이 딱 한 번 있었다.

늦은 밤, 헤어진 남자와 대판 싸우고 답답한 마음에 무작정 나와서 걸었다. 한남동을 지나 이태원 삼성미술관을 거쳐 용산 쪽으로 걸어가고 있는데 뒤에서 누군가 자꾸 따라오는 느낌이 들었다. 뒤를 돌아보니 한 외국인이 따라오고 있었다. 까무잡잡한 얼굴이 더운 나라 쪽인 것 같다. 갈 길 가겠지 하고 있는데 봉미에게 말을 거는 것이었다 .

"여보세요?" 서툰 우리말이다.

"……?"

"시간 있어요?"

"……?"

"같이 놀아요."

"I am busy now!" 영어가 저절로 나온다.

봉미는 그야말로 바쁘게 그와 멀어지면서 생각했다. 외국인이 선호하는 스타일이었는지 밤늦게 혼자 걷고 있는 여자라서 그랬는지 알 수 없었지만 그날 노는 여자 취급을 당한 것은 확실하다. 아무리 화가 나고 서러워도 그리 쉬운 여자는 아니란 말이다.

T와 통화를 한 뒤에 당장 인터넷 서점에서 한영사전과 영어회화 책

을 구입하고 책꽂이에서 먼지를 뒤집어쓰고 있던 영어사전을 꺼내 놓았다.

외국인과 대화하려면 회화를 잘해야 한다.

중학교 3년, 고등학교 3년 대학교 4년, 대학원 2년 반, 합해서 12년 6개월 동안 영어를 가까이 했는데도 불구하고 영어로 간단한 대화도 할 수 없다는 것이 한심하긴 했지만 봉미는 영문과 영어회화는 엄연히 다르다고 위안을 삼는다.

일주일에 한 번 토요일에 그를 만나 서울의 4대 고궁, 남산 식물원, 예술의 전당, 명동, 남대문 시장, 잠실 롯데월드, 과천대공원을 돌아다니며 먹고 놀고 대화하며 보냈다.

그를 만나기 전에는 수첩에 물어볼 말과 간단한 영어회화 문장을 준비하고 반복 학습했다. 때로 "Spicy?"를 써먹기 위해 떡볶이를 먹으러 가기도 했다.

봉미가 이제까지 영어 공부를 이처럼 열심히 한 적이 없었을 것이다. 그는 그럼에도 별 진전이 없는 봉미의 영어 실력에 도움을 주고자 한영사전을 선물하기도 했다.

속지에는 'Hit the books!'라고 적혀 있었다. 야구공도 아닌데 책을 때리라고? 봉미는 나중에야 열심히 공부하라는 말인 줄 알았다.

"You are very smart!" 그가 봉미에게 말한 적이 있다.

'smart'란 말은 단정하다는 말인가? 어느 교복 광고가 생각난다. 사전에 보니 '1. 맵시 좋은, 말쑥한, 2. 깔끔한, 맵시 좋은, 3. 똑똑한, 영리한'이라고 나와 있었다. 짐작하건대 그가 봉미에게 하고 싶은 말은 3번이 아니었을까? 대충 알아듣는 척하고 임기응변으로 그럴듯한 대답을 하곤 했으니까.

남산에 갔을 때 나무가 우거진 곳에 이르러 데이트하는 남녀들을 보고 그가 말했다. 그의 말을 거의 알아듣고 호응을 한 것으로 보아 봉미의 회화 실력이 일취월장하는 듯하다.

"우리도 쟤네들처럼 데이트하는 것 같겠지?"

"글쎄, 그렇게도 보이겠지."

"우리도 연인처럼 데이트할까?"

"친구가 좋아, 나는."

"난 키스도 하고 싶은데……"

"내가 나이가 몇인데. 참 몇 살이야?"

"난 35살, 유는?"

"그렇게 젊어! 나 몇 살처럼 보여?"

"나보다 젊겠지."

"고맙네. T보다 더 많아."

"상관없어. 유는 참 아름다워!"

"정말 오랜만에 듣는 말이다."

"나는 감정적으로 좋으면 나이는 상관하지 않아. 키스하고 싶어."

"싫어."

"유는 내게 너무 아름다워!"

"난 남자가 그런 말 하는 거 안 믿어."

"사랑도 안 믿어?"

"안 믿어. 잠시뿐이야."

"남자가 싫어?"

"남자에게 실망을 하고 상처 입는 게 싫어."

"난 그런 남자가 아니야. 그런 한국 남자와는 달라."

"뭐가 다르겠어. 결국 같은 남자인데."

"남자에게 받은 상처가 많구나!"

"사실은 나 지금 좋아하는 사람이 있어. 그 사람은 내가 사랑하는지 몰라."

"한쪽만 사랑하면 진짜 사랑이 아니야."

"그래도 그를 떠나서 괴로운 것보다 나으니까."

"좋아. 내가 유를 위로해 줄 수 있어. 그를 떠나지마."

"무슨 뜻?"

"그를 떠날 수 없다면 그를 생각해. 나도 유를 연인으로 만나고 싶어. 네 마음에 반만 차지할게."

그가 영화 '글루미 선데이'를 보았는지도 모른다.

'당신을 잃느니 반쪽이라도 갖겠어.'

봉미는 그에게 명확한 답을 하지 않은 채 그를 받아들였다. 사랑하는 사람도 없고 사랑이 시작된다면 너라고 말하고 싶지만 숨긴 채 그에게 마음의 반을 내주기로 한 것이다. 그에게는 이른 나이에 결혼한, 이제는 이별을 준비하는 아내가 있다는 말을 들었지만 그다지 중요하지 않았다. 봉미는 남들이 뭐라고 하든 현재 자신의 감정이 더 중요했다.

그가 이혼을 하든 미국으로 떠나든 모두 나중 일이다.

봉미가 시작하려는 사랑이 진짜인지 가짜인지 혼란스러워 눈물을 보일 때, 위로하는 그를 보며 말할까 생각했지만 말하지 않았다. 또 상처를 받을 테니까.

T와 만난 지 1년이 지난 어느 날, 날씨도 맑은 주말이라 복잡한 서울에 있기가 아쉬워 교외로 드라이브를 하는 중이었다.

"봉미, 정말 시원하다!"

"이런 데이트를 해보고 싶었어."

"도시를 벗어나는 것?"

"웅, 이런 것이 정말 데이트다운 것 같아. 남자들은 만나면 호텔 갈 생각이나 하고 ……"

"나 한국 남자와는 다르지 ?"

"아직 잘 모르겠는데."

그런데 그가 자꾸 핸드폰을 확인하며 초초해 한다.

"왜 그래? 누구한테 연락 올 일 있어?"

"웅, 사실 오늘 멀리 가면 안 되는 날이야."

"왜? 벌써 당진 거의 왔는데 ."

"오늘 그 여자와 우리 앞날에 대해 진지하게 논의하기로 했어."

"근데 왜 나오자고 했어?"

"저녁 시간이라 괜찮을 줄 알았는데 빨리 오라고 문자를 보냈어."

"그래? 그럼 돌아가야지."

"그래도 괜찮겠어?"

"할 수 없지. 한남동까지 데려다 줄게. 그리고 난 이리로 다시 올 거야."

"왜?"

"서울에 있기 싫어."

그를 한남동에 내려다 주고 봉미는 다시 고속도로로 들어섰다.

봉미의 남자 친구이기를 원하지만 끝내 받아주지 않은 H에게나 갈까? 봉미의 이런 모습을 H가 알면 어떤 표정을 지을까. H는 T보다 더 젊어서 유감이다. 이해하지 못할 것이다.

들뜬 마음으로 운전하던 아까와는 달랐다. 혼자라는 처량함에 스스로 연민이 솟아오른다. 봉미는 바다가 보이는 호텔에 방을 잡고 바다를 보며 실컷 울었다. 화장실에 가다 가방에 걸려 넘어질 뻔하니 더 서러웠다.

그도 완전한 내 것이 아닌데 잠시라도 왜 그를 소유하려고 했을까. 다른 남자와 다르다고 느꼈지만 결국 다른 남자와 같다. 봉미가 남자를 대하는 마음이 달라지지 않았기 때문인지도 모른다. 이혼한다는 외국인을 만난다고 누구에게도 말하지 못한다. 또 속은 거야, 이 어리석은 여자야!

며칠 후 봉미는 스팸메일에 그의 성과 같은 이름으로 보낸 메일을 발견하였다. 제임스니 존이니 하는 흔한 성이 아니기에 이상한 성도 다 있다고 생각한 특이한 성이었다.

Talbot, '귀가 늘어진 사냥개' 그의 명함을 받고 사전을 찾아 확인한 뜻이다.

스팸메일은 십중팔구 보험광고거나 비아그라 판매라 삭제해 버리곤 하는데 익숙한 성이라 갑자기 두려워졌다. 혹시 그의 아내가 아닐까, 미국 사람들은 감정에 충실하고 솔직하다는데 아무리 그래도,

'이제 남편과 이혼해요. 당신과 만난다는 것은 일찍부터 알았어요. 행복을 빌어요. 우리 세 아이들은 내가 키우지만 아빠와는 자주 만날 거니까 그것은 이해해야 할 거예요.' 이런 내용은 아닐 것이다.

두근거리는 마음으로 열지도 않은 삭제를 선택하고 스팸메일로 차단을 해버리고 말았다. 그 뒤로 무슨 일이 일어날지 알 수 없는 막연한 두려움 때문이었다.

더구나 그런 일이 있었다는 것을 그에게 말할 수는 없었다. 이런 복잡한 사연을 영어로 옮기기는 매우 어려운 일이기 때문이다.

T는 신분증을 보여 주며 올해 임기를 마치고 미국으로 간다고 했다. 신분증에 적힌 전역 날짜는 봉미 생일과 같았다. 생일에 봉미는 그의 전역을 축하하면서 스스로에게는 또 한 방울의 연민을 흘려야 할 것 같다. 기한이 정해진 만남인 줄은 알았지만 이별의 날이 생일이라니 참 공교롭다.

두 사람의 처한 환경이 달라 친구 이상의 의미를 가지지는 않았지만 그가 여기에 오래 살게 된다면 그 이상의 관계로 진전되었을지도 모른다.

마지막 작별 이후로 영어회화 책을 들추지 않아도 되었고 만나기 전에 영문장을 준비하지 않아도 되었지만 무슨 대화를 했나 궁금했다. 주고받았던 문자 메시지를 정리하니 공책 한 권이 되었다. 봉미는 읽으면서 고작 이런 대화를 위해서 그렇게 공을 들였나 피식 웃음이 나왔다. 그가 봉미의 영어 실력 향상을 위해 길게 써 보낸 몇 문장을 빼고는 중학교 수준의 어휘만 익히면 이해할 수 있는 문장들이었다. 그래도 그 덕분에 외화에서 나오는 영어 수준이 그와 나눈 일상 영어와 비슷하다는 것을 알았다. 영어에 대한 두려움과 호기심을 어느 정도 해소했기에 그에게 아쉬움만 남은 것은 아니었다.

T와 만남의 계기가 된 강과장과 계속 교류를 하던 봉미는 용산 미군

부대 안에서 하는 축제에 초대를 받아갔다. 강과장은 인상 좋고 사교적인 부인을 대동하고 왔다. 미군과 그 가족들, 한국인들이 어울려 바자회를 열기도 하고 서양 음식, 한국 음식을 맛보며 축제를 즐겼다.

강과장 부인은 봉미에게 궁금한 것이 있나 보다.

"T씨는......" 말을 채 하기도 전에 강 과장은 부인의 말을 막아버렸다.

그들이 T에 대해 무엇을 알고 있는지, 무엇을 알고 싶은지 궁금했지만 더 이상 T에 대한 이야기는 서로 하지 않았다.

봉미는 그와 헤어진 다음에도 그와 다니던 용산과 한남동을 지날 때면 그를 생각했다. 군복을 입은 외국 군인을 보면 다시 바라보게 되었다. 외국인과 같이 다니는 한국 여자를 보면 자기가 그 여자인 양 지난 시간을 떠올리기도 했다. 봉미도 한때 이상한 시선을 받은 적이 있기에 그들을 전처럼 부정적으로 생각하지 않았다.

봉미가 그와의 이별을 받아들이고 그럭저럭 일상을 이어가던 어느날 친구 현지와 차를 타고 용산을 지날 때였다.

"봉미야, 저 사람 왜 자꾸 너를 보니? 외국인인데 ...."

"어?"

"아는 사람이야?"

"응? 아니 ...."

옆 차선에서 운전을 하던 T가 신호 대기 중에 이쪽을 바라보고 있었던 것이었다.

봉미가 뜻밖의 상황에 놀라는 사이에 신호는 파란불로 바뀌어 T는 잔잔한 미소만 보이고 출발하였다.

"야, 봉미 네가 외국인 시선을 끌만한 얼굴인지 몰랐네!"

"얘는 내 얼굴이 어때서, 이국적이잖아. 타이티나 동남아 계통으로."

봉미는 속도 모르고 조잘대는 친구에게 농담으로 응수하며 같이 웃었지만 마음 한 편으로 서늘한 바람이 부는 것 같았다. 조금만 더 일찍 눈이 마주쳤다면 같이 미소라도 지어줬을 텐데 평소대로 쳐다보건 말건 무심하게 있다가 늦게 발견한 것이 아쉬웠다. 그의 차는 봉미 차를 지나쳐 앞서고 아쉬운 눈길이 그 뒤를 따르고 있었다.

"타이티? 동남아 ? 하하하 자폭이니 ?"

"자폭이라니, 왜 동양인을 무시해? 이래봬도 운전하는 나를 보고 따라온 사람도 있었어. 들어 볼래?"

30대 초반이면 인생에서 한창 꽃피는 시절이라 할 수 있다. 봉미도 돌이켜 보면 그때가 반평생 인생에서 가장 화려하고 열정이 넘치는 시절이었다. 혼자 자유롭게 마음 가는 대로 사는 것이 좋았다. 주변에서 결혼을 하는 친구들이 늘어가도 부러워하지 않은 이유였다.

집에서 독립을 원하는 봉미에게 나가지 않는다는 조건으로 운전을 허락한 것도 그 이유가 된다. 처음 한 달 동안은 조심하면서 출퇴근만 했으나 점점 운전 실력이 늘자 일부러 일을 만들어 돌아다니는 재미에 살았다.

첫차로 빨간색을 선택했었다. 검은색 아니면 흰색 차가 거리를 누비는데 빨간색 차는 눈에 확 뜨임에도 망설임이 없이 택한 봉미이다.

그 일도 그 빨간 차 때문에 일어났으리라 짐작이 된다.

어느 날 퇴근길에 집 쪽으로 좌회전을 하려고 기다리고 있는데 뒤차에서 한 남자가 내리더니 봉미 쪽으로 다가왔다. 길을 물어보려나 하고 창문을 내리니 그 남자가 말했다.

"아까부터 따라왔어요. 저와 대화를 나눌 수 있을까요?"

"네?"

"저 나쁜 사람 아닙니다. 서울대 미대 교수 ○○○입니다. 옆에서 계속 보다가 인상이 좋아서 따라 왔습니다."

"그러세요 ?"

"네, 옆으로 차를 뺄 테니 제 차를 따라 오세요 ."

"네, 그러지요 ."

서울대 미대 교수면 이게 웬 떡이냐고 반색하며 따라갈 줄 알았나
보다.

순간의 상황 판단으로 대답은 시원스럽게 하면서 그 차가 옆으로 빠
지고 신호등이 바뀜과 동시에 봉미는 좌회전해서 골목으로 들어오고
말았다.

교수님인지 사기꾼인지 그 남자는 직진 차선에 서서 봉미의 빨간 차
가 따라 오기를 기다렸겠지만 신호등이 바뀌는 바람에 직진해 갈 수
밖에 없었다.

빨간 차라 '나를 유혹해 주세요.'라는 신호로 알고 따라 왔건만 성과
를 거두지 못하고 가던 길 가야만 했던 교수님, 아니 사기꾼이 진짜였
다면?

신호를 기다리는 그 짧은 순간에도 뜻하지 않은 삶은 이루어지고 새
로운 방향으로 틀어지기도 한다. 순간의 선택이 평생을 좌우한다는 흔
한 말의 진리.

서울대에 재직하는 젊은 교수가 빨간 차를 운전하는 여자를 따라 왔
다가 둘이 사귀게 되어 결혼에 이르게 됐다는 성공담을 누군가에게 전
한다면 얼마나 도발적이고 낭만적인가. 봉미는 그 짧은 시간에 저돌적
으로 접근하는 남자를 믿을 수 없었고, 믿었다 하더라도 그 차를 줄레
줄레 따라갈 만큼 자존심이 낮지 않았다. 지금의 봉미라면 혹시나 하

고 따라가고도 남음이 있다. 만남이 성공을 하건 실패를 하건 글감 하나는 충분히 나올 수 있는 사건이기 때문이다.

이 황당한 사건에 현지는 박장대소를 하고 웃는다. 그 남자가 정말 서울대 교수 명단에 있는지 확인해 봤냐고 묻는데 봉미가 확인 안 할 사람이 아니다. 서울대 교수 명단에는 있었다. 정확히 들은 그 이름 ○○○. 그러나 이름은 얼마든지 사칭할 수 있는 것이라 믿을 수 없다. 기억에 남는 에피소드라 심심하면 친구들에게 이야기하는데 한 친구가 자기도 비슷한 일을 당했다고 귀뜸을 한다. 나도 남자가 따라 올 만큼 매력 있는 여자니 알아 달라는 말인지, 그 남자가 상습 사기꾼이라 네가 결코 매력이 있어 따라온 것은 절대 아니라는 사실을 못 박아 주는 것인지 알 수는 없다. 그러나 봉미 역시 전자로 믿고 싶은 마음이다.

그때 그 빨간 차도 아닌데 T는 봉미를 어떻게 발견하고 바라보고 있었을까.

봉미를 봤으면 그 남자처럼 따라 올 것이지 왜 웃기만 하고 가버렸을까. 봉미 혼자라면 따라 왔을까. 봉미의 마음이 참으로 허전하다.

T는 정해진 날짜대로, 하필이면 봉미 생일에 미국으로 갔다.

그리고 한 달이 지나자 메일을 보내왔다.

미국에서 이혼하고 정기적으로 만나는 애들을 위해 3층짜리 집을 샀다고 한다.

어렸을 때 읽던 그림 동화에 나오는 집처럼 예쁜 집이었다.

키만큼 쌓인 눈을 뚫고 터널을 만들어 아이들이 노는 모습을 찍어 보냈다. 엄마와 지내는 아이들이 아빠를 보러 그 집에 놀러 온다고 한다. T는 메일도 좋고 메신저도 좋지만 페이스북을 하면 좋겠다고 한다. 봉미는 예전에 페이스북에 가입했다가 가깝지도 않은 많은 사람들이 연줄처럼 얽히는 것을 보고 성격에 맞지 않아 나와 버린 적이 있다. 다시는 들어가지 않았다. 아직도 손으로 턱을 받치고 매력적으로 웃고 있는 봉미가 사진 몇 장으로 남아있을지도 모른다.

언젠가 T는 해군 복장을 한 장성한 딸과 찍은 사진을 첨부했는데 미처 못 보고 두어 달 뒤에 메일을 정리하다가 발견을 했다. 뒤늦게 딸이 예쁘다고 할 수도 없어 그냥 지나치고 나니 무척 미안했다. 헐리우드 배우처럼 예쁘게 생긴 딸과 행복하게 웃는다.

그는 사진 찍는 것이 취미였다. 봉미와 있을 때도 마음에 드는 피사체를 향해 카메라를 들이대곤 했다. 데이트하는 젊은 남녀를 보고 귀엽다며 옆에 있는 남자에게 찍겠다고 양해를 구한 일도 있다. 봉미가 보기에는 예쁘지는 않고 앞머리를 내린 어리게 보이는 대학생들이다. 풍경 사진도 찍었지만 자연스럽게 얘기하는 젊은 남녀들을 많이 찍었던 것 같다. 젊기는커녕 귀엽지도 않은 봉미가 그 대상이 되기도 했지만 마음에 들지 않아 몇 번이고 지우라고 요구하기도 했다.

메일로 자기 사진을 보내면서 봉미가 보고 싶다고 사진을 보내 달라고 했다. 봉미는 타이티의 여인처럼 생긴 사진 가지고 별일 있을까 보냐 보내줬다.

T는 미국에 올 일이 없느냐고 묻기도 했다. 정확한 과거도 아니었는데 불확실한 미래인 그를 만나러 가는 것은 불가능한 일이다. 더구나 미국에 20년째 사는 언니와 동생을 만나러 간 적도 없는 봉미이다. 고속버스를 타는 것도 괴로운데 밀폐된 작은 공간에서 10시간 넘게 갇혀 있는 것은 상상하기도 싫다. 해외여행과 비행기는 봉미의 삶에 들지 못하는 단어들이다.

그가 없는 지금 영어단어를 외울 일도 없고 그전처럼 한영사전을 찾을 일이 없어 메일 보내기도 시들해졌다. 그래도 그는 매년 봉미 생일이 되면 메일을 보내온다.　Happy Birthday To You!

하지만 그는 너무 멀리 있다.

작품해설

위장술이 없는 그녀들의 현실수첩

장예원(문학평론가)

1. '진짜 현실적'이지만 '현실적이지 못하다'고 평가받는 '정직한' 여자들

소설가 윤정의 소설에는 '정직한 여자'들이 등장한다. 용모가 받쳐주지 않는다는 사실 때문에 관계에 화근이 될까 데이트 약속 시간에 항상 5분 전에 나가지만 세 번째 만남 후 결국 바람맞는 봉미(「호박꽃 봉미」), 남자를 위해 아낌없이 주지만 여자로서 최소한의 존중도 되돌려 받지 못하고 두 번째 이혼에 처한 맹희(「단기 기억상실증」), 돈 냄새 풍기는 싱글녀를 넘보는 사기꾼이 많다는 사실을 모르지 않지만 소액을 빌리며 벤츠를 타는 모순적인 행보를 보이는 회장에게 빠져드는 이혼녀인 나(「낙타와 개구리」), 이혼 후 채팅에서 만난 S에게 자잘한 투자금과 푼돈을 대며, 통이 크고 소탈한 고향의 흙냄새 나는, 여자 사람 친구로만 존재하는 나(「친구 S」), 자신의 남자라고 생각했던 T가 미국으로 떠나고 외로움을 달래기 위해 가입했던 주말여행 동호회에서 바람기 있는 남자와 짧은 연애 후 또 이별을 택하는 주리(「현실적인 Anima」), 혼자 지냈으면 지냈지 이제 내 지갑에서 돈을 꺼내게 하는 잘생긴 남자는 만나는 싶지 않은, 검은색 옷을 좋아하는 이혼녀 봉선생(「문제적 여자의 검은 옷」), 어떤 일이든 납득이 될 때까지 풀어야 하고 스트레스를 담아두지 못하는 예민한 성격의 여교사 주리(「예민한 주리가 사는 법」)가 바로 그녀들이다.

그녀들은 자신의 욕망에 충실하기보다는 공적인 도덕적 가치를 수호하는 쪽에 기울어져 있고 모든 관계에서 실익을 얻기 위해 전략을 짜는 여우이기 보다는 내면의 윤리성이나 진실성을 선택하는 곰에 속하는 여성들이다. 그녀들은 공무원이나 교사라는 비교적 안정된 직업군에 속해 있다. 그녀들은 일하는 여성으로서, 조직의 생리를 경험한 이들이 소유할 수밖에 없는 남성성을 감추려고 애쓰지 않는다. 다시 말해 '가장' 혹은 '가면'으로서의 '여성성'의 전략을 취하지 않는다는 것이다.

'가장'으로서의 여성성은 사회적으로 호명된 가면일 수 있는데, 이러한 위장술은 최근 2000년대 문학 작품 속에서 가부장적 상징질서를 교란시키는 능동적인 여성적 전략이라는 의미를 부여받으며 '악녀'의 캐릭터들을 양산했다. 그녀들은 연인을 비롯해서 타자와의 관계에서 진정성 따위에는 가치를 부여하지 않는다. 연애, 결혼에 있어서 철저하게 전략적으로 접근하고 가부장적인 질서 안에서 오히려 그것을 역

이용하여 자기 욕망을 실현한다. 그녀들은 "남성이 바라는 현실적인 여성 뿐 아니라 남성의 무의식에 반영된 여성상인 아니마"까지도 위장할 수 있는 여성들이다. 어떤 측면에서, 이 여성들은 지독하게 '현실적인' 여성들이다. 그런데 '진짜'로 '현실적'인가.

날씬하고 아담한 육체와 위장된 여성성을 매개로 지배 질서에 진입에 성공했을 때, 자기 존재의 정체성을 확인하는 여성들이 분명 존재한다. 특히, 자본주의 사회에서 만연한 소비지향적 문화는 젊고 날씬한 몸과 여성스런 애교를 이상적인 여성성으로 간주하면서 그것을 '정상성' 혹은 '일반성'으로 착각하게 한다.

그러나 어느 가수가 노래했듯 "지지 않고 매일 살아남아 내일 다시 걷기 위해서" "특별할 것 없는 나에게도 마법 같은 사건이 필요한" 법이고 "내보일 것 하나 없는 나의 인생에도 용기는 필요"하다. 지독히 현실적이라 일컬어지며 위장술이라는 전략에 능숙한 여성들에 대한 이야기는 어쩌면 풍문으로만 듣는 보기 드문 상황들일 수 있다. 세상은 그 풍문들에만 '주의'를 두고 '주목'한다. 그 '주의'와 '주목'에서 배제된 것들은 마치 존재하지 않거나 아니면 곁에 있다는 사실을 알고 있지만 없는 것인 양 무심하게 취급한다. 세상에 사람으로 존재한다는 것은 각자의 자리와 장소를 소유하고 있다는 사실을 우리는 자주 잊는다. 그 자리와 장소는 수많은 과정의 시행착오와 치열함 속에서 획득된 전리품이라는 사실을 망각해서는 안 된다. 윤정의 소설은 '승자'의 영역에 남을 수 없었던 평범한 여자들을 주목한다. 그리고 그녀들의 서사에 제 자리를 찾아주고 드러내고자 한다. 그러므로 그녀의 소설은 평범한 외모에 안정적인 직업을 가지고 자기 밥벌이는 할 수 있는 '진짜 현실적'이고 '정직한' 여성들이 오히려 '현실적이지 못한 여성'이라는 평가를 받는 세태에 대해 '아니러니'의 미학으로 접근하고 있다.

2. 수행적인 '사람다움'을 거부하기

우리가 사회적으로 사람이 된다는 것, 즉 사람의 수행은 사람을 연기한다는 의미와 사람을 존재하게 한다는 의미를 둘 다 갖는다.[1] 이런 의미에서 사람이 수행적이라는 명제는 '사람다움'이 사람 안에 저절로 존재하지 않는다는 뜻이기도 하다. 사람다움이 태어나자마자 그 존재 자체로 가지고 있는 것이 아니기 때문에 그것을 잃지 않기 위해 애써야 한다는 말은 어폐가 있다. 또한 처음엔 없더라도 사회화를 통해 획득해야 하는 고유하고 본래적인 대상도 아니다. 사람다움이란 우리에게 있다고 가정해야 하는, 아니면 그렇다고 믿기라도 해야 하는 어떤 것이다. 우리가 없더라도 가지고 있다고 있는 척 하면서 서로가 서로의 가면과 연극을 믿어주거나 믿는 척하면서 생겨나는 개념이라 할 수 있다. 이렇듯 사람다움이 본질적인 개념이 아니라면 우리는 '인격' 또

1 　김현경, 『사람, 장소, 환대』, 문학과 지성사, 2015, p.83.

한 고정된 실체가 아니라 상호작용 속에서 유동적으로 바뀌는 현상적인 것임을 받아들이게 된다. 그래서 고프먼은 "얼굴은 그것을 갖고 있는 사람의 내부나 표면이 아니라, 만남을 구성하는 사건들의 흐름 속에 퍼져 있다."[2]라고 언급했다.

그런데 윤정의 소설 속 주체들은 그 사람다움을 수행하는 데 있어 전자적 의미, 즉 '사람을 연기'해야 하는 것에 능숙하지 못하다. 이것은 그 수행 능력이 부족하다는 의미가 아니다. 오히려 스스로가 생각하는 '사람다움'의 본질적 의미가 있다고 판단하는 주체이기 때문에 고프만이 언급한 연극으로서의 '인격'이나 '얼굴' 개념을 거부한다는 의미이다.

소설 「예민한 주리가 사는 법」은 교무실에서 벌어지는 교사들의 미묘한 신경전이 서술되어 있다. 교사들은 남자와 여자 그리고, 미혼녀, 유부녀, 기간제 교사, 정규교사, 부장교사, 평교사라는, 그 누구도 직접적으로 드러내지는 않지만 보이지 않는 구분과 경계들로 서로의 영역을 구획하고 있고, 이 때문에 입장이 모두 다를 수밖에 없다. 갈등 상황이 발생하지 않았을 때에는 서로의 영역이나 자리에 대해 침범하지 않는다. 자리를 침범하지 않는다는 의미는 서로의 사람다움을 인정

2　Erving Goffman, Interaction Ritual, London: Penguin Books, 1967, p.7; 어빙 고프먼, 『상호작용 의례』, 진수미 옮김, 2013, 아카넷, p.19. 김현경, 위의 책 p.87 재인용.

하고 서로의 얼굴에 모욕이 될지도 모르는 접근이나 간섭은 하지 않겠다는 것이다. 주인공 주리 역시 평소에는 "누구에게나 소탈하고 편하게 대해서 성격 좋다는 말을 듣는" 여교사이다.

그러나 따돌림이 학생들의 문제만이 아니라 어른들, 특히나 학생들에게 모범이 되어야 할 교사들 사이에서 벌어지고 있는 상황을 접하고서 주리는 분노하고 그녀의 예민한 촉수를 발동하기 시작한다. 부임 3년 차의 신입이자 미혼인 애송이 여교사 '시'와 6개월 기간제이자 미혼인 여교사 '추'가 아이 엄마인 젊은 여교사를 따돌리며 "끼를 부린다, 유부녀 주제에"라고 비아냥거리는 모습을 그냥 내버려둘 수 없다. 더군다나 그러한 부당한 상황을 중재하고 관리해야 할 남자 부장교사가 그녀들과 희희낙락하며 눈치 없이 행동하는 모습 또한 눈에 거슬린다. 물론 주리는 정교사인 자신이 자신도 모르는 특권의식을 보일까 조심스러워 기간제교사인 '추'가 불편하지 않도록 배려하는 꽤 괜찮은 인품을 지닌 여자다. 그러나 그녀의 인내심은 계속되는 그녀들의 '따돌림'과 '개념 없음'에 지속되지 못한다. 그녀는 '인격'이라는 개념이 상황에 따라 달라지는 상대성을 지닌다 하더라도 궁극적인 '사람다움'에 있어서 사람의 얼굴에 '모욕'을 주는 행위는 옳지 못한 것이라는 확신이 있는 여자이다. 즉, 자신의 자리를 침범당하는 모욕을 당했을 때 그것에 대해 정확히 지적하고 싸워야 직성이 풀린다. 좋은 게 좋다는 식의 '성격 좋은' 여교사인척 연기할 수 없는 것이다. 그녀는 "측은

지심을 기본으로 하는 인성이라 마음이 동하면 누가 시키지 않아도 움직이는 사람이지만 반대로 잘하다가도 누가 간섭하면 그대로 놔버리는 괴팍한 성격"을 있는 그대로 정직하게 표현하는 주체이고 그것이 진정한 '사람다움'이라고 생각한다. 자신의 본래적 성격을 감추고 상황에 따라 사람을 연기하는 행위를 지향하지 않는다. 비록 그 갈등과 싸움 때문에 혼자 고립되고 소외되는 상황에 빠지더라도 그것을 감당하고 본인의 방식을 고수한다. 스스로도 이러한 본인의 성격이 유연함과 가벼움을 추구하는 현대사회의 인간관계 방식과는 어울리지 않으며 본인에게 실익을 주지 않는다는 사실을 알고 있다. 다시 말해, 학교 사회의 '사람다움'이 정당한 일이라 해도 큰 소리로 항의하지 않는 방식임을 인지하고 있지만 그녀는 그것에 굴하지 않고 자신의 정념에 충실한 정직성을 고수하는 주체이다. 학교 메신저에 '추'에 대한 자신의 입장을 공개적으로 표명하고 '추'가 있는 교무실 근처는 되도록 피한다. 교무실의 자기자리를 놔두고 노트북 가방을 맨 채 방랑히는 그녀를 보며 '떨어진 목련 꽃잎'을 바라보듯, 누군가는 연민하겠지만 아마도 주리는 스스로를 연민하는 나약한 모습을 보이지는 않을 것이다.

3. '스티그마'를 지닌 여성들이 겪는 이중고

실익이 없더라도 본인의 정념에 충실한 윤정의 소설 속 주체들은 이혼한 여자들인 경우가 많다. 「문제적 여자의 검은 옷」, 「친구 S」, 「낙타와 개구리」, 「단기 기억상실증」, 「초대」는 모두 이혼하거나 별거중인 여자들이 주인공이며, 「종이상자와 리모컨」에서는 부부불화를 겪는 가정이 아이의 시각에서 서술된다. 또한 미혼녀들이 등장하는 「호박꽃 봉미」, 「현실적인 Anima」, 「Happy Birthday To You」의 경우에도 대부분 연애관계에서 실패를 겪거나 이루어지지 못한 사랑의 아쉬움을 간직한 여성들이다.

이혼이 흔해진 세상이 되었다고 해도 현실 속에서 그것은 여전히 여자들에게 유리하지 않은 경력으로 인식되고 일종의 스티그마[3]로 작용될 수 있다. 윤정의 소설은 그러한 현실을 반영한다. 「문제적 여자의 검은 옷」에는 이혼한 여자의 스티그마가 다음과 같이 '검은 옷'으로 상징·형상화된다.

"옷장에는 검은 옷 일색이다. 내가 검은 옷을 원래 좋아한 것은 아

---

3   어빙 고프먼, 윤선길·정기현 옮김, 한신대학교출판부, 『스티그마』, 2009. 일종의 낙인으로 인식되는 개념이다. 현대 사회에서 낙인으로 취급되는 속성들은 신체의 결함, 정신적인 면에서의 결함(의지박약, 비정상적 열정, 잘못된 신념, 부정직 등) 부정적인 중독이나 실업자, 동성애자, 극좌파, 특정인종 등이다. 이러한 속성들은 지나치게 눈길을 끌어서 그것을 지닌 사람의 인격의 다른 측면들을 눈에 띄지 않게 만든다는 공통점이 있다. 낙인이 항상 배척당하는 것은 아니다. 결함을 극복할 경우 타자들에게 희망과 용기를 둔다는 이유로 오히려 주목받고 사랑받는 사람도 있다.

니다. 검은 고양이, 검은 까마귀, 검은 리본 등 연상되는 단어들이 모두 음산해서 싫었다. 그런데 언제부터인가 옷장이 검은 옷들로 채워지기 시작했다. 혼자 살기 시작한 이후부터인 것 같다. 누군가에게 혼자 사는 여자들이 검은 옷을 좋아한다고 들은 후에 거리에 다닐 때마다 여자들의 옷차림을 눈여겨보기 시작했다. 저 여자도 혼자 사네, 저 여자도……마음대로 판단하니 그런 것 같기도 하다. 개성이 있는 것 같기도 하고 개성이 없는 것 같기도 하다. 눈에 띄기도 하고 무리에 묻혀 시선이 안 가기도 한다.”

「문제적 여자의 검은 옷」에서 봉 선생은 여성스럽고 화려한 옷을 좋아했다. 그런데 주변의 여자 동료들이 무리를 지으며 “이혼한 주제에 남자들로부터 관심을 받기 위해 옷을 매일 바꿔 입고 다니고 그것도 레이스 달린 것만 입고 다닌다고” 흉을 보기 시작하자 그 여자들의 관심을 차단하기 위해 “검은 옷”을 선택한다. “검은 옷”은 “개성이 있는 것 같기도 하고 개성이 없는 것 같기도 하다. 눈에 띄기도 하고 무리에 묻혀 시선이 안 가기도 한다”라는 특성을 가지고 있다. “검은 옷”은 스티그마를 지닌 여자들이 자신의 결함, 혹은 상처로 인해 자신의 짐이 무겁다거나 그 짐을 지고 있어서 다른 여자들과는 다른 행동을 하지 않도록 암묵적으로 요구받는 것을 상징적으로 보여준다. 그래서 봉 선생은 직장에서 남자 동료인 K의 따스한 인정에 미소 짓고, 역시나 남자동료인 H가 흘리고 가는 농담에 웃으며 이혼녀라는 딱지를 뗀 것처럼 아무렇기도 않게 행동하려 애쓴다.

물론 현대 사회에서 공식적으로는 낙인의 존재를 인정하지 않는다. 우리는 '요즘 세상에 이혼이 별거야?'라는 식의 말을 흔하게 하고 또 흔하게 듣는다. 적어도 표면적으로 낙인은 인간의 존엄성이나 높아진 인권에 대한 의식과는 모순되기 때문에 사람 자체에 대한 귀천의 차이들은 모두 소소하고 우연한 요소로서만 작용한다고 주장한다. 그것은 앞에서 언급한 '사람다움'의 의무이기도 하다. 그러나 현실에서는 스티그마를 가진 사람들은 그렇지 않은 사람들과 상호작용을 할 때 여전히 일종의 기만을 느낀다. 그 기만은 남자들이 이혼녀를 대할 때의 이중적 태도에서 쉽게 알 수 있는데, 소설 「단기 기억상실중」에서 읽을 수 있다.

"맹희의 강한 외모 때문인지 미혼 때는 남자 동료들이 데이트를 청한다거나 거리를 걸어도 누가 따라오는 경우가 없었다. 그런데 이혼을 한 후부터는 주변에 남자들이 맹희에게 관심을 가지고 접근하는 일이 빈번했다. 나 이혼녀라고 대놓고 말하고 다닌 것도 아닌데 꾸미고 다니는 차림새며 자유분방한 말투가 혼자 사는 여자임을 암시하는 것 같았다. 상대방도 미혼이나 독신자라면 모르겠는데 유부남도 집적대니 남편 없이 혼자 산다고 얕보이는 것 같아 자존심 상했다. (중략) 언뜻 보거나 자세히 보거나 미인은 아닌 여자에게 끊임없이 남자가 구애를 하는 것을 보면 이상하기도 하다."

정작 미혼일 때는 데이트 신청 한 번 받아보지 못했던 맹희가 이혼녀가 되자 남자들이 "쉽게 접근하고 구애를 한다"는 상황은 남자들이 스티그마를 가진 여자에게 함부로 해도 된다는 이중성을 가지고 있다는 것을 보여준다. 소설 속 이러한 상황은 현실에서 스티그마를 가진 여자들이 겪어야하는 고통과 관계의 불평등성을 드러낸다. 그러나 남자들의 기만적인 태도에도 불구하고 맹희는 이러한 접근을 일정 정도 허용해야 한다. 왜냐하면 그것은 소설 「문제적 여자의 검은 옷」과 마찬가지로 "낙인을 지닌 개인은 명랑하게 그리고 자의식 없이 스스로를 다른 사람들과 본질적으로 동일한 존재로 받아들이도록 요구받기" 때문이다.[4] 물론 전적으로 이 이유만이라고 말할 수는 없다. 「단기 기억상실증」 속 맹희의 "마음 한 구석에는 괜찮은 남자의 사랑을 부족함 없이 받아 보고 싶은 욕망"도 그 이유가 된다. 첫 결혼의 실패에도 불구하고 맹희가 포기할 수 없었던 '괜찮은 남자와의 사랑'에 대한 막연한 '기대감'과 '낭만적 희망'은 「단기 기억상실증」이라는 제목이 암시하듯 다시 또, '괜찮지 못한 남자'를 선택하며 '실망'과 '불행'이라는 아이러니로 현실화된다.

---

4 고프만, 『스티그마』, p.146.

예민한 주리가 사는 법

4. 계속해서 미끄러지기에 여전히, 갈망할 수밖에 없는 괜찮은 사랑

이제, 마지막으로 윤정의 소설 속 주체들이 반복해서 실패했기에 여전히 갈망하는 괜찮은 남자와의 연애와 결혼, 그리고 관계에 대해 정리해보자. 그녀들은 일명 '여우 짓'이라는 '위장술'로서의 여성성을 전략으로 취하지 않는다. 「문제적 여자의 검은 옷」에서 주리는 남자와 처음 만나서 식사를 해도 여성성을 내세워 당연하게 얻어먹지 못한다. 남에게 아무 이유 없이 대접을 받으면 내내 갚아야지 하는 부담을 느낀다. 여자들이 쓸데없이 몰려다니며 남자 지갑이나 터는 행위도 좋아하지 않는다. 「친구 S」에서 나는 남자에게 마음도 없으면서 다정한 문자를 보내주는 의례적인 인사를 하지 않는다. 좋은 글은 아무리 좋아도 글자일 뿐 어려움에 처한 사람들에게 아무 위로도 되지 못하다고 생각해서이다. 그녀는 S가 어려울 때 옆에 있어주고 금전적으로도 도움을 주지만 관계에 있어서 다정한 문자를 보내주기만 하는 어느 한 여자보다 우위에 있다고 할 수 없다. 「호박꽃 봉미」에서 봉미는 약사 남편을 둔 친구의 이혼을 보고 외적인 조건을 보고 결혼하거나 사랑으로 결혼하거나 환경에 따라 마음이 변하는 것은 어쩔 수 없다고 생각한다. 사랑이 영원하기를 바라지만 사람의 마음이 영원하지 않다는 사실도 안다. 「Happy Birthday To You」에서 봉미는 퇴근길에 서울대 교수라며 대화를 나누자고 저돌적으로 접근하는 남자를 신뢰하지 않을 만큼의 분별력이 있는 여자다. 그럼에도 신호를 기다리는 그 짧은 순간의 선택으로 달라지는 삶의 모습과 방향성에 대해서는 호기심을 보이며 사유하고 상상하곤 한다.

언어가 그것이 서술하는 세계를 그대로 재현하는 것이 아니라 의미화 단계를 거쳐 사회적인 맥락을 지니게 되듯이 사랑도 마찬가지다. 사랑 또한 욕망이나 감정 그대로 주어지지 않고 고귀한 사랑, 저속한 사랑, 감각적 사랑이라는 그것의 내용이나 속성을 의미화해서 사회적으로 드러나게 된다. 더욱이 그것은 특정 개인과 집단 속에서 독자성을 지니며 이 때문에 삶을 유지해가는 과정에서 독자적으로 표상된다. 따라서 사랑도 우리 존재의 실제 조건들을 상상적인 방식으로 살아가게 하는 이데올로기라고 할 수 있다.[5]

윤정의 소설은 사랑이 지닌 다양한 사회적인 맥락과 이데올로기적인 측면을 보여주고 있다.

고전적인 사랑 개념은 타자를 이상화한다. 그런 점에서 기존의 사랑에 대한 정의는 타자의 이상화이다. 그러나 사랑이 문화·사회적인 맥락과 이데올로기적인 특성을 지닌 것이라면 그것의 존재 방식은 하나로 귀결될 수 없다. 즉 사랑은 매 순간에 연결된 수많은 선택의 감성이자 행위이고 관계이며 재현(담론과 지시체)이다. 하나의 완결체로서

---

5 James Procter, 손유경 옮김, 『지금 스트어트 홀』, 앨피, 2006, p.94.

타자를 이상화한, 시대와 공간을 초월하여 보편적인 감성 형식으로 존재하는 것이라고 착각하기 쉬우나 사랑은 신경이 고장 나서 제멋대로 움직이는 그래서 불구적인 특성을 감추고 있는 비-유기적 존재-감성이다.[6] 따라서 사랑의 참된 독해는 파편들을 하나의 유기체로 조직하여 전체적인 체계를 완성하기보다는 원래 그대로의 파편을 따라 단 한 번 그 모습을 드러내는 의미들을 좇아 이루어져야 할지도 모른다. 이런 측면에서 보자면, 윤정의 소설 속 주체들이 지닌 개별성 뿐 아니라 사랑의 특성 자체가 이미 불구적인 특성을 지니고 있기 때문에 작품에서 그려지는 사랑의 형태는 완결된 형태이기보다는 파편적으로 흩어지는 양상으로 드러난다. 윤정은 그러한 현실적인 사랑의 맥락들을 포착하고 소설적으로 구체화한 것이다.

그럼에도 윤정의 소설에서 애틋한 사랑의 감성이 흐릿하게나마 느껴지는 작품들이 있는데, 「초대」와 「종이상자 리모컨」이다. 이 두 작품들에서는 다른 작품들과 달리 '괜찮은 남자'와 '괜찮은 관계 양상'이 드러나 주인공 여자들을 진심으로 위로해주는데, 「초대」의 '그'와 「종이상자 리모컨」의 어린 딸 '민희'가 그러하다. 소설 「초대」는 '그'의 부고를 접하고 난 후 주리가 그와의 관계를 회상하는 형식으로 전개된다. 그는 전자메일보다 자필 편지를 선호하는 아날로그식 감성을 가졌

6　이영배, 「타자들의 사랑, 타자들의 놀이」, 『공연문화연구』(29), 2014, p.430.

작품해설 - 위장술이 없는 그녀들의 현실수첩

으며 "처음에는 다 같은 사람으로 보이다가도 진실이 만나는 순간 친구가 되는 것"이라고 생각한다. 또한 "어떤 목적 없이 자연스러운 대화 속에서 삶에 윤기를 주고 늘 즐거움을 함께 할 수 있는 이성 친구"가 가능하다고 믿는 남자이다. 연주가인 '그'가 주리를 위해 음악을 연주하면 주리는 세상에서 가장 행복한 여자가 된다. 서로에 대해 묻지 않아도 음악을 통해 교류하고 공감하는 '심미적 경험'을 나눈다. 「종이상자 리모컨」에서 딸 민희는 부부불화를 겪는 부모님 사이에서 같은 여자로서 엄마의 슬픔을 감지하고 엄마를 위로하려 애쓴다. 종이상자로 장난감 리모컨을 만들어 엄마가 누르면 위로의 역할극을 아빠가 누를 때는 엄마를 대신해 아빠에게 복수하는 역할극을 수행하는 천진한 아이의 모습은 상처투성이인 부부 관계와 양립하며 아이러니한 감정을 느끼게 한다.

소설 속, 위장술에 능숙하지 못한 '정직한 그녀들'이 이후라도 「초대」의 '그'처럼 인생의 1권을 들추지 않고 그녀들을 행복하게 해주는 괜찮은 남자를 만났으면 하는 바람이 있다. 주리는 '그'가 들려주는 노래를 따라 자신만의 인생으로 흘러들어가며 그와 함께 '감각의 공동체'를 형성한다. 그 노래 속에 담긴 완전한 사랑을 공유하고 순간이지만 순수한 평화와 행복을 누린다. 그러나 설령, 여전히 괜찮은 남자를 만나지 못하더라도 상관없다. 윤정의 소설 속 '정직한 그녀들'은 위장이 들통 나서 맨얼굴의 자신이 흘러나올까, 전전긍긍하지는 않아도 되기 때문이다. 위장술에 능한 여자들이 남자들이 선호하는 여성으로서의 무난함과 정상성을 추구하며 끊임없이 저울질하는 하는 동안, 손해보지 않으려 어떤 선택지에도 동그라미를 치지 않으려고 발버둥 치는 동안 인생이 낭비된다는 것을, '정직한 그녀들'은 알고 있다. 결국은, 삶이라는 지난한 화두에서 누가 패배자일까.

장예원 ǀ 문학평론가
서울대 졸. 경희대 박사 졸.
2017 세계 일보 문학평론 「가장 쓸쓸하고 연약한 연대—조해진론」 당선

예민한 주리가 사는 법

초판 1쇄 인쇄일	│ 2020년 4월 10일
초판 1쇄 발행일	│ 2020년 4월 15일

지은이	│ 윤 정
펴낸이	│ 정진이
편집/디자인	│ 우정민 우민지
마케팅	│ 정찬용 최재희
영업관리	│ 한선희 정구형
책임편집	│ 우민지
인쇄처	│ 국학인쇄사
펴낸곳	│ 국학자료원 새미(주)
	등록일 2005 03 15 제251002005000008호
	경기도 고양시 일산동구 중앙로 1261번길 하이베라스 405호
	Tel 4424623 Fax 64993082
	www.kookhak.co.kr
	kookhak2001@hanmail.net

ISBN	│ 979-11-90476-37-9 *03810
가격	│ 12,500원